U0074222

沿山公路旁的六顆星

陳林 著

目次

目次

目
次

目
次

1

我叫阿寶，住在屏東沿山公路南邊，今年十二歲，讀國小六年級，暑假後就要到離我們家有一段路的國中讀書了。

外公外婆說他們沒什麼閒錢，叫我乖乖到鄉內這間國中報到就好，不要想跟著班上那幾個有錢的同學到明星私立國中就讀，那些國中的學費很貴，就連天天載送學生上下學的校車交通費我們都繳不起。

而且，國中今年來了一位女校長，聽村人說，她很用心，督促課業品德毫不鬆懈，對於家庭狀況較差的學生，關心也是亦步亦趨。

外公外婆說我今年十二歲，他們說這是「台灣歲」，不是我們學生所說的十一足歲。

我的功課雖非全班第一，但也是居於領先群，很少落到五名外。

功課不錯，體育更是沒有人能跟我比，歐陽老師身高一百八，站在身邊也沒比我高多少，他把我當小朋友，當作自己的孩子（這應該只是我自己的幻想）。

在運動方面，老師一直把我當成是他最好的球伴，他買網球拍給我，幫我挑運動鞋，教我如何打球，跟我較量球技，雙打時，也都是跟我搭檔，鄉裡很少有人打得過我們，就連國中那些體育老師也都是我們的手下敗將。

2

我們跟外公外婆住在村外的空地，一棵大樟樹、一棵龍眼樹、一棵番石榴，還有幾棵不知名的小樹環繞四周。雖然我們的房子很破很舊，聽說土地也是一位好心村人借給我們的，外公外婆說我們家沒有財產，但是過得很快樂，我們才不會嫌棄自己的家呢。

房子幾乎都是由斑剝木材和鏽蝕鐵皮組合而成，聽說是外公自己蓋的，雖然不是村內同學家那種堅固體面的水泥建築，但是屋前屋後盡是盎然的菜園和繽紛的花壇，讓我們的家倍顯溫馨。

蓊鬱大樹站在屋前屋後，撐起片片綠蔭，樹影給人一種舒服慵懶的愜意，我總是認為這裡就是諸神與天使聚居在一起的天堂。

抬頭，雄偉大武山就在眼前，屋外不遠處就是屏東的沿山公路，路上車子不多，除了偶而路過的外地人，白天就是幾部村民載運農具或農作物的重型機車疾馳而過。

這條大路詩意十足，台灣欒樹、桃花心木、鐵刀木，三種樹木沿著路旁的台糖土地羅列成帶狀樹林。我家附近是兩排綠油油的桃花心木，白天還偶而能聽到呼呼車聲，一到夜晚，整條路就陷入無邊的沉靜，只有村內的犬吠聲和四周蟲鳴伴隨著我做功課。

3

十二歲讀國小六年級，這有必要交代嗎？當然！因為我是七歲上國小一年級，這在我們兄弟姐妹中算是正常就學，我底下這個妹妹阿蘭今年都已經十一歲了，還在讀國小二年級，只差我一歲，卻差我四個年級，很奇怪吧？不奇怪，因為在她十歲時，外婆才拜託歐陽老師帶她到國小找校長。

阿蘭是有一次過年時，才由媽媽帶來外婆家裡的，我也是那時候才第一次見到這個小我一歲的妹妹，媽媽跟外公外婆說阿蘭姓陳，爸爸是開計程車的，外省人。

「妳想氣死我們，是不是？」外婆氣得語無倫次，外公牽出機車，我不敢跟上去，憂心忡忡地看著那位我很少見面的媽媽，正被外婆罵到連頭都抬不起來。

「十歲都還沒送她去讀書？」外婆嘆口氣：「唉，連戶口都沒報，是不是？」

「有啦，只是沒送她進學校。」媽媽對我微微一笑：「阿寶，過來，媽媽看你長多高了？」

她手中抓著一條絲巾，左右角輪流捏著，跟我說完話後，騰出一手，招呼我走到她身旁，外婆忿忿按下遙控器，關掉電視。

我不敢立即走過去，怕外婆不高興，媽媽從皮夾裡抽出一張千元大鈔，我緩緩靠近，低著頭接過那張讓我心跳加速的大鈔，媽媽摸摸我的頭，語氣非常慈祥：「好好讀書，要聽阿公阿嬤的話，知道嗎？」

「妳自己都不聽我們的話了，還要妳兒子聽我們的？」外婆氣呼呼的丟下遙控器，自己走到屋外：「為什麼不早一點帶她回家？」

阿蘭站在一旁，看著陌生的外婆一直發脾氣，她開始不安地擦著眼角，我走過去牽起她的手：「阿蘭，我叫做阿寶，潘德寶。」

她先看了一下媽媽，再把眼神飄回我臉上，放開我的手，她朝著我比出兩個小手掌：「我今年十歲，我叫阿蘭……」

天啊，她好像不知道自己的全名，頓了一下，眼睛又飄到媽媽身上。

媽媽朝我們笑一笑：「阿蘭姓陳，陳梅蘭。」

阿蘭姓林？為什麼不跟我們一樣姓潘？還有，她好像不知道自己的全名？

「校長，這位小女孩這幾天她媽媽才帶回家的，以前媽媽帶她在外頭住，也不知

什麼原因，一直都沒讓她上學。」歐陽老師站在校長桌旁，直勾勾地盯著校長。

當時我也站在校長室，一句話都不敢說，都是歐陽老師一個人在跟校長說：「這孩子資質很好，我到潘德寶他家作家訪時，她很有禮貌，以後絕對是模範生。」

校長抬頭瞪了歐陽老師一個白眼，然後又斜著眼瞅著阿蘭，打量阿蘭好幾秒鐘，然後站起來，抬頭端詳著我（就算是站起來，校長還是需要抬頭看我），面無表情地緩緩吐出話來：「歐陽老師，把他們帶到教務處辦理入學手續。」

外婆從頭到尾都是一個人躲在校長室外的樓梯轉角，見我們走出校長室的神色，她就確定校長答應了，她高興地拉著阿蘭的雙手：「有沒有謝謝校長啊？」

校長好像不想正眼看一下阿蘭，我知道他瞧不起我們這一家，這應該是外婆只肯在外面等，不願進到校長室的原因。

4

阿蘭一開始讀一年級就是全班第一名，那些功課對她來說實在是太簡單了，在課堂上聽一聽老師解說，回家也沒多讀幾遍，每次考試隨便寫寫也是一百分。

她在班上人緣好得不得了，功課任由大家抄寫，不懂的課業來問她，她一定無償解惑，當然，老大姐的身分也占了不少便宜，班上沒人喊她的名字，都是直接叫姊姊。

在班上人緣好，但不一定就到處受歡迎，不少他們班上同學的爸媽或是阿公阿嬤，根本就不贊成自己的孩子跟阿蘭玩在一起，因為他們總是說：「她阿母不正經，這孩子最好不要來我們家。」

更過分的是，有一次我在雜貨店外走廊不小心聽到幾位婦人在聊天，「生一堆雜種，丟回來給老爸老母養，一丟就是五個，長大不是流氓就是太妹，唉喲，以後村裡的治安怎麼辦？」，「唉喲，五個孩子五個爸，真是厲害喔～」，「哈哈～」

我本來是要進去買醬油，走到門口時沒有跨入店門，就自行離去，老闆娘看我走過去，趕緊朝著那兩位長舌婦，呸，呸，我知道老闆娘是在跟長舌婦打暗號，要她們住口。

5

雖然是同一個媽媽，但是子陽還是跟我們不同姓，他姓陳，外公曾跟他說，我們兩兄弟的爸爸不是同一個人。

子陽的爸爸，外公看過，聽說是高雄軍營裡的一位軍官。但是我爸爸呢？外公外婆從未跟我提過，媽媽也沒跟我說，我也不敢問，怕外公外婆不高興。

我總是希望歐陽老師就是我爸爸，他跟我都是長得魁魁壯壯的，我們打球的動作很像，可能因為他就是我的教練，但是打球的大人經常就說：嘿，看他們兩個師徒，連走路的樣子都很像。其實我是刻意學歐陽老師走路的樣子，這種簡單的模仿難不倒我，因為我的運動神經很好。

阿蘭被媽媽帶回家來的第二年，子陽也被媽媽帶到外公家，當時他已經九歲，一樣還沒上小學。也是趕在開學前，外婆才拜託歐陽老師帶到學校。這次校長就沒有歪嘴斜眼，雖然缺乏熱情，揮一揮手把正在走廊洗手的職員叫過來，就把子陽交給教務

處了。

雖然慢了兩年才入學，大了其他同學兩歲，但是子陽的功課就沒有我跟阿蘭的程度，考三十分算是高分，個位數不稀奇，有一次還拿下「大滿貫」，全部抱鴨蛋回家，外公氣得將他關在廁所裡，還是我向校工阿伯借了一把鐵鉗，才將外公綁在門把的鉛線扭開，把他救出來。

子陽一直想養狗，但是不可能。外婆最常罵的就是：人都吃不飽了，還養畜牲？家裡沒有狗狗，但是我們的狗朋友可是成群結隊，不知是不是以前跟媽媽住的時候，有人傳授他養狗的竅門，子陽對狗狗的習性一清二楚，村內任何一條狗在他面前都是服服貼貼，就連那棟別墅裡那頭凶巴巴的大狗，見到他也是猛搖尾巴。

子陽功課很糟，打架功夫卻是一流，不但一、二年級不是對手，就連中、高年級的大塊頭男生都不敢招惹他，因為他打不過人家時，就會跑給對方追，然後突然從地上撿起石頭，咻！石頭丟得又快又準。

我們班上那位塊頭跟我差不多的同學，有一次不知為了何事，跟子陽在廟前打了起來，子陽個子小了他好幾號，當然不是對手，那位霸王號的同學不知好歹，還追著子陽跑，子陽一下腰，一揚手，咻！暗器就打到對方的額頭了，霸王嚎啕大哭，村內那家西藥房的阿婆幫他把血淋淋的額頭敷藥止血後，趕緊打一一九叫救護車過來載人。

其實大家也很羨慕這位霸王，因為我們都沒坐過會發出「伊～嗚～伊～嗚～」聲響的救護車，而且村裡的大人，包括外公外婆，在他包著大環繃帶回村子時，都帶著大包小包的糖果餅乾到他家，反倒是子陽雙手被外公綁在屋外的大樟樹下，狠狠地用皮帶抽了好幾鞭。

雖然校長從不肯用正眼看我們這一家人，我相信他也不敢對子陽太嚴厲，因為校長每天朝會時站在升旗台上說話，那個鮪魚肚又圓又大，目標太明顯，得罪子陽的話，恐怕會被石頭飛鏢砸到。

6

子陽被媽媽帶回來的第二年，英英也來到家裡，這下子我就有兩個妹妹了。

英英皮膚好白喔，好像是個磁娃娃。

「本來對方要帶回去，後來，他說不方便，我當然跟他要回來。」媽媽說著一段我搞不清楚由來的話。

「姓什麼？」外公這次好像不怎麼生氣，抱著英英，還逗著她玩。

媽媽先是搖搖頭，沒說一句話，外婆臉色鐵青，準備開始罵人了。

「跟我們同姓，潘英英。」媽媽這才趕緊回外公外婆一句話就準備轉身走人了，我跟到車旁，媽媽走上車子前抱了我一下，還在我的臉上親了一下：「要乖喔，好好讀書。」

媽媽身上香噴噴的，塞了一張壹千塊的紙鈔在我手中，車子上一位帶著墨鏡，留著三分頭和兩撇鬍子的男人在駕駛座傾身向我揮手，雖然他笑得很誠懇，一副想跟我交朋友的模樣，但是我還是趕緊轉身跑向外婆身邊，當時我很怕外婆跟我說：那個人就是你阿爸。哼，我才不要那個人當我爸爸呢，我掏出那張鈔票，遞給外婆。

英英跟外公同姓，也跟外婆同姓，還跟媽媽同姓，更讓我們驚喜的是：她跟學校內大部分的同學一樣姓潘。

我很想念媽媽，雖然從小她就把我丟在這鄉下，跟外公外婆住在這簡陋的屋子，但是我不會怪她，媽媽一定是有不得已的苦衷才會把我們留在鄉下，自己一個人長年在都市過日子。我不曉得她現在住在哪裡，只知道她在都市賺錢，偶而回家，都是在過年過節時，回來後她從不到村內找朋友，更不想跨入學校一步，看看我們的教室與桌椅，每次都是吃頓飯後就匆匆離去，留下玩具和一些錢。

媽媽，我好想您！您甚麼時候才會回來跟我們住在一起？

7

有一天，外公外婆在外面忙，阿蘭跟子陽在同學家做功課，家裡只剩我一個人在照顧英英。雖是中午時分，但是光線昏暗，空中漲滿水氣，樹上鳥群聚集，啁啾之聲此起彼落。

一部計程車突然出現在屋前大樹下，猜想是媽媽回來了，我高興地衝出屋子。果然，媽媽下了車，還抱著一位睡得呼呼作響的小弟弟，司機待在車上沒有搖手跟我說：「嗨！」，所以我確定這位不是我爸爸，他應該是媽媽的朋友。

媽媽大步走向我，我也跨出雀躍的腳步迎向她，但是我發現媽媽的臉色很難看，靠近時，她綻開一臉悽慘的笑意：「阿公阿嬤有沒有在家？」

媽媽臉上有傷痕，眼角烏青，鼻子好像也受傷，看著媽媽的狼狽樣，我待在原地，差點就哭出來，也忘了跟媽媽說外公外婆今天去田裡幫別人家採鳳梨，打零工。

媽媽一手抱著這位小弟弟，一手摸摸我的頭，然後拉著我進入屋內。英英不認得她，開始哇哇大哭，吵醒了在媽媽懷中呼呼大睡的小弟弟，兩人的哭聲在屋內此起彼落，屋外群鳥停止鳴唱，風神加快舞步，樹枝隨之搖曳。

「乖，不哭。」我抱著英英，媽媽抱著小弟弟，我們各自在角落拚命安撫兩個哇哇大哭的小孩。

「弟弟名叫英鴻，王英鴻。跟阿公阿嬤說，媽媽過幾天再回來。」

小弟弟停止哭泣，睜大眼睛打量著我。英英認出媽媽，我還未鼓勵她，她就已轉涕為笑，自己撲向媽媽的懷中，媽媽將英鴻遞到我手中，摟著英英，眼眶中噙滿淚水。

「我叫做阿寶，潘德寶。」我跟懷中的英鴻打招呼，他睜開惺忪的雙眼，鼻孔冒出一個大氣泡，「啵！」一聲，泡泡破掉，又闔起眼睛繼續睡覺。

媽媽給我一張千元大鈔，自己走向計程車。我抱著第一次見面的英鴻，牽著英英的手站在門口目送她離去，無法伸出手，但我還是朝著媽媽的背影高喊：媽媽，bye-bye。

雨珠開始灑落，媽媽回頭搖搖手之後朝我們擺擺手，示意我帶弟妹進門去。

抬頭望向吞沒媽媽搭乘車子的沿山公路，濃密的烏雲不斷往前方的山巒聚攏，左

前方的天空猶稍露一小片亮光，右前方三千公尺高的大武山身影則已經完全被漫天漆黑的烏雲吞沒。

大雨掩至，鳥群再度匿跡，鳥鳴已被嘩啦啦的雨聲取代。

8

英鴻已經被第三家幼稚園拒絕了，外公說：沒關係，反正明年就可以讀一年級了，不必去拜託第四家收容英鴻。

英鴻不打架，不偷東西，不隨地拉屎、不會在褲子撒尿，但就是有個毛病：喜歡拿著筆到處亂畫，三家幼稚園的牆壁被他畫得一塌糊塗，教室裡的壁報、公佈欄都逃不出他畫筆的圈圈點點，桌上、椅子上也一樣留下他的作品。

幼稚園老師把他送回來時，常跟我們抱怨：善後的工夫很麻煩，其實有同學跟我說：英鴻畫到最後，連同學的臉頰、額頭都當成畫布了。

有一次，兩位小妹妹的臉被他畫成女鬼，另外兩個小弟弟被他畫成殭屍，雖然大家玩得很高興，但是，剛好家長來到幼稚園，一怒之下就把自己的孩子帶回去，其中三個家長把孩子轉到別家，那家幼稚園一下子就少了三個學生了。

不對，是少了四個學生，因為英鴻被園長送回來，從此再也沒回去了。

9

村外鳳梨園最近大豐收，從清晨天色未亮到傍晚天色未暗，外公那台三輪鐵牛車已經進進出出五趟了，阿蘭說：今晚可能會加菜。

外婆坐在客廳數著外公幫人家載鳳梨賺來的車資，臉上笑瞇瞇的，她偶而用大拇指沾沾口水，接著立刻又用同一根拇指數著鈔票，唉喲，好髒。

外公出第六趟任務後，拿到車錢，回家前在村內廟前那家炸雞攤買來一大包香脆炸雞當晚餐。香噴噴的雞翅、雞腿、雞胸肉裝滿大大一盤，薯條也是大大一包，一大罐胖胖瓶的可樂，再加上屋後採來的數十顆紅咚咚的番石榴和番茄，哇，我們快樂得就像是神仙一樣！

幾隻狗狗已經在門外等候佳餚，大伙不斷發出嗯嗯的低鳴聲，子陽出去吼了一聲：通通閉上你們的狗嘴！那些狗狗才安靜下來。

晚餐還未結束，派出所的年輕警員就出現在門口，外公問他吃過飯沒有？要不要一起吃啊？我們很不好意思地看看桌上的雞骨頭，這些都是待會要給狗狗吃的，我們很擔心這位帥警察會真的坐下來，好險！他說：吃過了，謝謝！

「阿寶暑假後要上國中，從這裡走到國中有一段路，這部腳踏車，所長說要送給他。」警員指著外面的警車，警車後車廂敞開著，綁著一部亮晶晶的腳踏車。

耶！耶！耶！耶！耶！耶！我們五個立即丟下手中的飯碗，爭先恐後衝出門外，另一個警員正在鬆開繩子，將腳踏車從警車上抬下來，他拍拍坐墊，示意我坐上去：「阿寶，騎上來試試看，我幫你調整坐墊的高度。」

狗狗們原本以為我們會把雞骨頭帶出來，躍步搖尾，跟著我們衝到警車旁，想不到卻落空，一隻隻垂頭喪氣地走開，朝著村內萬家燈火的房子慢慢走回去。

村裡家家戶戶都還在吃飯，我騎著腳踏車，他們四個人跟在後頭小跑步，兩位警察還在我家，不知道在跟外公外婆討論什麼事情。

村內那條筆直的長長柏油路面此時成了我飆車的場地，我飛快地在村內暢遊，沿途大呼小叫，試圖把每一個認識的人都叫出來。

剛剛失望而回的狗狗們開始追著我的腳踏車，一隻，兩隻，三隻，四隻，五隻……我才騎了一小段路，車旁就已經聚集了十隻以上猛搖著尾巴的灰狗，大狗狗跑

在前面，小狗狗在後頭猛追，汪～汪～汪～

哈哈！還是狗狗們聰明，每一個被我點到名的同學都慢了一步，我騎了一趟才看見他們捧著碗，抓著筷子，站在屋前。

「阿寶，帥喔，你什麼時候買車子了？」他們朝著飆車的我大吼，有些男同學還拿筷子猛敲著碗，不斷發出砰砰聲，沿途夾道幫我加油。

「阿寶，帥喔，借我騎一下，好不好？」幾位同學還站到路中間來，想伸手攔下，我才不肯借他們騎咧，他們誰沒有腳踏車？而且都是那種名牌的新車，現在看我有車子了，也想沾一沾風光，哈，我還沒騎個過癮呢。

騎了兩趟，廟前的狗狗越聚越多，四個弟妹還在廟前廣場雀躍不已。

「阿寶，讓我騎一下啦。」阿蘭雙手扶著手把，一臉期待地準備試車。

「來，每個人騎兩趟，兩趟就換人。」我拍拍坐墊，示意阿蘭騎上來。

阿蘭跨上車子，高興地往村內道路筆直衝過去，狗狗們又是在車子旁一陣喧嘩，汪～汪～汪～，輪到她的同學分列路旁歡呼了。

英英跟英鴻還不會騎車，在廟口前又叫又跳，當起啦啦隊。

「換子陽了。」阿蘭高興得一臉紅通通，將車子交給子陽。

子陽接過腳踏車，筆直衝出去，狗群更加興奮了，幾乎全村的狗都追著子陽跑，村子犬聲沸騰，此時儼然已成狗狗的賽跑場地了。

「怎麼會那麼久，還沒騎一趟嗎？」等了將近十分鐘，還不見子陽的蹤跡，大夥緊張了。

「我們騎過去找找看！」剛剛幾位從家裡牽出腳踏車，準備跟我們在村內和廟前尬車的同學自告奮勇，大家一齊往村外道路騎過去，我們四個人焦急地在廟前等候消息。

「沒看到車子，也沒看到子陽。」先遣部隊騎回廟前，大家一起搖頭。

「會不會衝進大排水溝裡？」一位同學探向雨後洪流滾滾的大水溝裡，突然高聲喊道。

「叫救護車！快！」那位在廟口賣雜貨的大人立即向廟前眾人下達指令。

我們跟著一大群焦急的大人在溝邊搜尋，幾隻大型手電筒不斷在溝裡急切地探尋。

「伊～嗚～伊～嗚～」救護車的聲音從遠處傳來，阿蘭開始哭了。

大家的眼睛分頭在溝裡搜尋，現場一片嘈雜，一個大人突然注意到一大群狗狗從

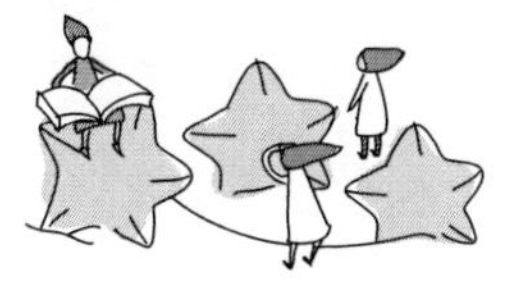

我家那個方向走過來，狗狗的後面出現子陽，悠哉悠哉地騎著腳踏車。

「誰掉進溝裡？」子陽跟著眾人的目光往大溝裡探尋。

「你騎到哪裡去了？」阿蘭氣急敗壞，朝著子陽大吼。

「我回去拿那些雞骨頭給狗狗吃啊。」子陽騎在車上，一腳踩著護欄，伸長脖子往溝裡探頭：「誰掉進溝裡？唉喲！痛啊！」

阿蘭齜牙咧嘴，兩手像鎖螺絲一樣地扭著子陽的兩邊耳朵，痛得他哇哇大叫。

10

英英暑假後就要進國小就讀，會說台語，不會說華語，但是可以聽懂日語，還會簡單的日語對話，我們認為她是電視卡通看多了，有語言天分的她竟然把日語搞懂了。

村裡的大人嚇一跳，當然很多人不相信，大家派出一位八十幾歲的老阿伯跟英英用日本話聊看看，這位老阿伯說英英的日本話程度不錯，而且，不像是從電視學來的。

不好聽的話開始在村內流傳起來了。

「大概是麗珍到日本賣肉，跟日本人生的。」

「可能是在台北幹什麼不乾淨的生意，跟阿本仔生的。」

「好像是在台中坐檯喔，我兒子以前到台中幫人家裝潢，吃宵夜時，看過一個日本人帶著很漂亮的小姐，身材很棒，應該是她，沒錯。」

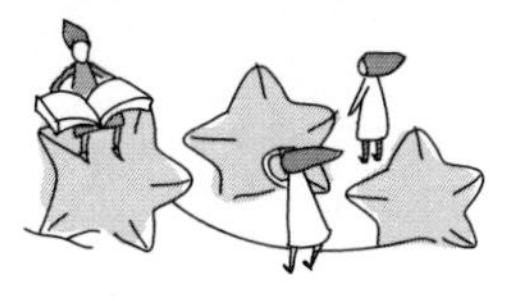

反正就是說得很難聽啦！大人不會在我們五個兄弟姐妹面前說這個，但是同學就聽得到這些不好聽的話，子陽有一次打掉人家兩顆牙齒，就是因為有同學問他：「聽說你妹妹是雜種，是不是你媽媽跟日本人生的？」

那次外公不但沒有把子陽綁在樹下狠狠抽他幾鞭，還賞他一支彈弓，外公用舊內胎剪出一條長長橡皮，再從老樟樹鋸下一枝Y型的枝椏。

咻！咻！子陽能打下在電線上打瞌睡或是在郊外田園中逍遙的斑鳩，百發百中，我們的餐桌上開始有了好吃的鳥肉，外婆殺好斑鳩，阿蘭起油鍋，香酥的鳥肉再配上炸得脆脆的九層塔葉子。

哇！超級好吃！

11

這次鄉內體育會舉辦的網球比賽，雙打項目一樣沒有人是我和歐陽老師的對手。頒獎時，鄉長跟我們師徒兩人合照，她身材健美，幾乎跟我一樣高，站在我跟老師中間，身上香噴噴的，味道跟媽媽很像。準備拍照時，她邀我跟著她一起把手放在獎盃上，笑瞇瞇地跟我說：「不要到隔壁鎮讀國中，就留在我們鄉裡的國中讀書，好不好？」

我看了老師一眼，歐陽老師直接回答她的問題：「當然，阿寶會留下來，我正在幫他申請獎學金，鄉長，他功課好，又是一個人照顧外公外婆和四個弟弟妹妹，鄉公所應該要拿出一些經費留住這個人才。」

「沒問題！包在鄉長身上！」

哇，看她外型是個大美人，想不到發聲如鐘，典型的女中豪傑。

獎品豐富！成打的毛巾、一整盒的香皂、大罐的沙拉油、大包裝的泡麵，還有兩

包獎金，一包兩千塊。

歐陽老師用他的老爺車載我回家前，先帶我到牛肉店慶功，我和老師都吃了一大碗的牛肉麵，我們把一大盤滷牛肉掃得一乾二淨，連細蔥、薑絲都不放過，沙茶炒牛肉也是吃得連一根空心菜都不剩，老師還問我要不要再各叫一碗白飯，我們一道把盤底的肉汁清理乾淨？他說這種湯汁最下飯，我說好，爽快地猛點頭，老師笑得比剛才領獎時還要高興：「老闆，兩碗白飯，大碗的！還要兩碗牛雜湯，也是大碗的！」

女服務生操著奇怪的腔調，我想她應該是來自越南：「呵呵，爸爸跟兒子真會吃啊，像兩頭……頭……牛。」

我知道她本來要說我們像「豬」一樣吃個不停，可能知道這樣子說不禮貌，所以嘴型來個滑稽的急轉彎，好不容易才擠出一句「牛」，我不會見怪，還因為她誤認我跟老師是一對父子而暗自高興呢。

回到家，老師把所有獎品通通搬到我家的客廳，獎金他也沒帶走：「兩包，一共四千元，你留著，想買什麼就去買，然後分一點零用錢給弟弟妹妹，剩下的交給阿公阿嬤保管。」

我望著老師走向轎車的背影，伸出手，搖著手掌，很小聲地跟他說：老師，bye-

bye。

我多麼希望有一天媽媽會回家跟我說：阿寶，他就是你爸爸，以後不要叫老師，乖，叫他一聲爸爸。

想到這，我的眼淚就快要掉下來。

12

夜晚的山是一群沉睡在黝黑陰影中的巨人，但是我們從不畏懼，還喜歡趴在窗沿看山腰上排灣族聚落的點點燈火。

當夜神還在田野留連，太陽尚未從稜線探出臉來，黑夜的殘影就會在晨曦的大舉進攻下，一步一步地往地平線退去。我最喜歡在清晨時分站在菜園等候第一道陽光從山坳一迸而出，陽光像金箭般從山頂往山腳直射而下，舉目原野，盡是一片粲然金光。

每天早上七點，我們這群國中生都必須騎著腳踏車在廟前集合，等所有國中生到齊後再一起出發，騎到學校。

我今年是國中一年級的新生，但是國三的學長也沒有人比我高，所以村長說由我帶隊，我騎在最前頭。

剛開始幾天，外公外婆都會陪我到廟前，他們不是不放心，而是很得意我竟然一開學就被推舉為隊長。

兩位老人家笑呵呵地站在廟前，外公伸出左手，外婆伸出右手，搖著手掌跟我們說：騎慢一點喔，bye-bye。

清晨沁涼的空氣怡人心胸，大武山層次細膩的峰巒暈染著薄淺的粉藍，幾抹煙嵐含黛，層層山巒相互掩映，山上蒼翠的樹林猶如學校裡的牆上浮雕，好像伸手就可以摸得到。我們一群國中生就在群山的護送之下，緩緩騎向學校。

13

媽媽回家跟我們一起吃晚飯，除了問問我們的功課，她的話很少，外公外婆好像也有心事，媽媽飯吃到一半就拿出錢包，給我們一些錢，她說今晚有重要的事，飯吃完就要馬上離開。

一個陌生男人突然出現在我家門口，秀出一張好像是名片的塑膠卡片，媽媽吃到一半的飯還含在嘴裡，她丟下碗筷，還沒站起來，兩位村裡的警察從那位陌生人背後出現，他們伸出一隻手示意她坐下來：「潘麗珍，在孩子面前不要這樣，大家好商量，好不好？」

外公外婆嘆了一口氣，叫我們回房間去：「等一下再吃，媽媽要跟人家討論事情。」

我衝到屋外，從村內緩緩駛來一台警車，車子還沒停在空地前，我就認出這是我們村內派出所的車子。

「阿寶，我們有重要的事情想請教媽媽，需要她幫忙，」所長下車後牽起我冰冷的手，很誠懇地跟我說：「所以我派警車來載她，你跟弟弟妹妹說不要擔心，好不好？」

所長很年輕，長得很帥，以前我就常盼望媽媽會跟我說：「他就是你爸爸。」我跟所長走進屋內，四個弟妹躲在房間門後探頭探腦，媽媽跟外公外婆不知道在嘀咕什麼。

「收起來，在孩子面前不要這樣。」所長一進門就跟那兩位拿著手銬的警察說話。

「謝謝。」媽媽、外公和外婆三個人幾乎一起說，我也真想跟所長說一聲：謝謝，但是淚水已經在眼眶打轉，我不敢出聲，怕一說話就會哭出來，如果我忍不住哭出來，那四個躲在門後的弟妹一定會跟著我大哭，到時村裡的人就會知道媽媽是被抓走的，不是像所長講的：「我們有重要的事情想請教媽媽，需要她幫忙。」

媽媽坐進警車，所長跟我們說：「跟媽媽說bye-bye，好不好？」

我們五個人一字排開，伸出一隻手，搖動著手掌向坐在車裡的媽媽說bye-bye，媽媽也伸出手跟我們說bye-bye。

「也好，以後就不必猜她現在人是在台北或是台中、高雄，孩子想看一下媽媽也比較方便了。」外婆說得很輕鬆，好像不在乎，也不擔心，但是我聽得出來她說話的聲音有點沙啞。

外公飯也不吃了，抽出腰圍上的皮帶，自己走出門外，躺在那長板凳上休息，雖然看起來是在閉目養神，但是他的兩隻手緊緊抓住皮帶，有時嘴角一抽，好像要扯斷那條已經緊繃的皮帶。

外頭的天色一片昏暗，大武山巍峨的身影不見蹤跡，連邀請樹兒起舞的微風都藏匿無息。

外公外婆一夜無語，屋內屋外留下一片寂靜，那是被震驚衝擊之後的沉默。

14

他們要我參加「八家將」，晚上在廟前練習。我曾帶著弟妹們去參觀他們的操練，成員幾乎都是村內跟我同年齡層的男同學，我發現其中幾個國中生在演練時會抽菸、嚼檳榔。

外公外婆不准，歐陽老師不但反對，還緊張兮兮交代我，千萬不要跟廟裡那些「轎班」的人混在一起。

再過一星期，村裡就要舉辦廟會了，一年一次的神轎村內遊行，今年家家戶戶都會辦桌，邀請親戚朋友到家裡吃大餐。

外公外婆說我們不辦桌，因為沒有錢，只能買些豬肉，再殺一隻我們自己養在菜園旁的雞，再擺上一些糖果餅乾祭拜神明，我們一家人自己打打牙祭就好了。

阿蘭決定要在迎神廟會那天擺攤賺錢，她問過幾位同學，大家出了好幾個主意，到最後她決定賣紅茶。

「那天人很多，抬轎的人很熱，賣冰紅茶的生意一定很好！」阿蘭眉梢眼底盡是喜色。

「英鴻可以幫我們畫一個很有創意的招牌，他還不會寫字，我們幫他寫，一杯十元，衛生第一，美味可口！」我覺得可行，當場出個蠻有創意的點子。

「紅茶如果大賣，說不定我們可以賺進一大筆錢，到時我們帶阿公、阿嬤坐高鐵，讓他們過過癮。」子陽當場凌空畫出一塊超級大餅。

「英鴻畫抬轎的人和八家將一起喝紅茶，喝完後，神明就從轎子裡跑出來跟大家一起喝紅茶！」我跟阿蘭越說越樂，英英跟英鴻還沒搞懂我們在說什麼，但也在一旁齊聲歡呼。

唉，我們企劃了一星期的大生意竟然失敗，因為抬神轎的人都自備了好幾大桶的飲料和礦泉水，沒有人跟我們買一杯十塊錢的紅茶。

一整個早上只有幾位同學來捧場，我的同學買了一杯，阿蘭的同學買了兩杯，子陽的同學沒有人來捧場，還有，就是常來找外公的那位老人買了三杯，他站在攤位前連續喝了三杯，一看就知道是來捧場的，因為喝到第三杯他已經很痛苦了，不是我們的紅茶不好喝，而是他的肚子都已經漲起來了，他鬆開皮帶的扣環，打個嗝，摸摸肚子，再勉強把第三杯喝完。

一個早上只賣了六十塊，我們急得都快掉下眼淚。

英鴻一直忙著畫畫，喝紅茶的八家將，喝紅茶的抬轎人，喝紅茶的神明，還有一手拿香，一手喝紅茶的善男信女，一張張大作擺在紅茶攤位前。一杯十元，他不會寫，我幫他寫，畫畫越擺越多，但是大家只看他的畫，看完就走開，紅茶的生意依舊沒起色。

我們垂頭喪氣，最後連英鴻也抱著畫紙呆坐一旁，不畫了。正當大家準備收拾攤位回家吃午飯時，一位戴著寬帽，背著攝影器材的中年男子問我們：「小朋友，請問，這些畫是誰的作品？」

英鴻的手舉得高高的，這位先生露出不敢置信的神情，雙眼睜得像紅茶杯口那麼大。

「我出一千塊買這些畫，可以嗎？」他說得很誠懇，而且滿臉寫著謙卑，好像很怕一千塊會讓我們不高興。

英鴻的手放不下來，我知道他呆住了，我們也發愣了，一千塊？哪有可能？

「我有一個請求，就是這位未來的偉大畫家在這些作品上落款……嗯，簽名，可

以嗎？」

我們把眼光轉到英鴻身上，趕緊幫他點頭。

「哇！哇！哇！」英鴻的手放下來了，一支手抱著畫紙，一支手忙著揉眼睛，開始哇哇大哭。

「別哭！別哭！」這位觀光客一時慌了手腳，他以為英鴻感覺一千塊是在羞辱他，而且還要簽名才肯付錢，所以一不高興就哇哇大哭：「對不起，對不起！」

「哇！哇！哇！」

財神爺將一千塊大鈔收進口袋，英鴻這下子哭得更悽慘了。

我立刻當起經紀人：「先生，不是這樣子的，我弟弟當然很高興要賣給您，但是他還不會寫字，沒有讀幼稚園，所以連注音符號也不會，簽名對他來說，有困難。」

我回頭拉起英鴻的手，扳開他的細小手掌，向財神爺展示：「蓋手印，好不好？」

英鴻立刻咧嘴而笑，十指大開，雙手伸得筆直，滿懷希望地等待買主點頭。

「當然可以！當然可以！」這位很有氣質的中年男子一臉振奮：「可以順便讓我幫這位未來的畢卡索拍幾張相片嗎？」

英鴻拍照時，雙手抓著一千塊大鈔擺在胸前，笑得嘴巴幾乎都要拉到兩旁耳朵了。這位中年男子還幫我們拍了全家福的合照，我們也沒虧待他，阿蘭主動倒了一杯紅茶請客，他很高興地跟我們一起舉杯慶祝。

紅茶桶子抬回到家後，可能是連喝兩杯，我第一個有反應，衝進廁所才沒幾分鐘，阿蘭就在廁所外鬼叫：「好了沒有啦？輪到我了啦！快一點啦！」

我拉著褲子走出來，子陽已經拉下褲子蹲在後面的菜園，英英蹲在番石榴樹下。英鴻沒跟我們舉杯慶祝，逃過一劫，他正在畫子陽拉肚子的畫面，子陽撿起旁邊一塊小土塊往英鴻這邊丟過來：「走開啦，畫什麼啦？」，別以為子陽蹲在地上，重心不穩，他一揚手，土塊像飛鏢一樣不偏不倚就打穿英鴻手中的畫紙！

哇！英鴻丟下紙筆，哭著往屋內走進去。

我突然想起今天跟我們捧場的幾位村內客戶和那位從外地來拍照的中年男子，村內這些人找廁所當然沒問題，那位財神爺怎麼辦呢？唉，只能祈求今天在村內巡狩的眾神明保佑他了！

15

村裡唯一的麵攤最近開始賣「鹹酥斑鳩」，生意好得不得了，簡直比廟口那攤炸雞還要搶手，這到底是怎麼一回事呢？

麵攤老闆娘是子陽同學的媽媽，子陽帶著幾隻狗狗到村外打斑鳩時，他也跟了過去，一下午就有好幾十隻的收穫，兩人各分一半，各自帶回家。

那天晚上我家附近，還有麵攤附近的狗狗跟我們一樣大打牙祭，人人吃得痛快，隻隻啃得爽快。

麵攤老闆娘一問之下，知道子陽有這一門好功夫，就跟他談生意了：「子陽，一隻十元，你帶來這裡，不必殺，不必拔毛，阿嬸馬上給錢，一手交錢，一手交貨，好不好？」

還用問好不好？

子陽立刻成了職業獵人，從廢棄的甘蔗園打到茂盛的玉米田，從台糖廢棄鐵道拓展到沿山公路，從滿佈大小石塊的河床追到遼闊的平疇綠野。

子陽的豬公撲滿越來越有份量，才幾天的時間，外婆就必須再買一隻回來給他。外公有沒有反對？哈，外公這陣子被邀請到溪底載運砂石，他都會利用空檔時間選一大堆圓滾的小石子，帶回來幫子陽補充彈藥。

「這些錢存起來，今年春節帶阿公阿嬤到高雄玩，還要讓他們搭高鐵到台北玩，過過癮。」子陽每次丟進十元硬幣或百元紙鈔時都會強調一次，讓外公外婆感動得眼淚都快要掉下來了。

原本說好一隻十塊錢，後來行情竄升，變成一隻二十塊錢，是麵攤老闆娘幫子陽抬高身價嗎？該說是，也可以說不是，到底是怎麼一回事呢？

老闆娘以一隻十元的價格跟子陽收購，加工後，村人每天傍晚都可吃到一隻二十元的「鹹酥斑鳩」，個個吃得讚不絕口！老闆娘也不忘向大家介紹村內有這麼一位百步穿楊的神射手，後來，一些大人就起鬨，開始玩起遊戲來了。

「你一樣是一隻十元交給阿嬸，我繼續做生意。」老闆娘一心要幫子陽開拓財源：「阿嬸還幫你想到一個好主意～」

大人帶子陽在廟前守候，廟前的電線上如果停著一排斑鳩，有人指名要第幾隻，

子陽就一彈射下那隻，一隻二十塊錢，子陽多賺一倍，出錢的人帶走那隻跌落廟前的斑鳩。

外公從溪底挑選回來的小石頭越來越圓，子陽幾乎是百發百中，村裡的大人玩得樂呼呼，廟前玩得不過癮，到後來，又帶他到斑鳩最多的那邊田野，大片廢耕的甘蔗園一望無際，大人說有數百公頃，這裡的鳥群種類繁多，而且數量驚人。

飛在半空中，難以見其倩影，吟唱如銀玲琤琤，那就是養鳥人最愛追尋芳蹤的「雲雀」，村民稱之為「半天仔」。低空振翅的斑鳩則是這片曠野中飛禽類的主角，牠們成群結隊在此遨遊，大人開車或騎機車經過時還經常撞到牠們。

在空曠田野中展翅的斑鳩最難瞄準，但是子陽照樣是彈無虛發。

子陽的收入有好幾次比外公還要豐碩呢。外婆這次不再買小隻的塑膠豬公了，她吩咐村內的糖果玩具店幫她訂購一個特大號的豬公。

哇！外婆從店裡扛回來的這頭豬公簡直就像是一隻小牛！

哈，外公從溪底回來時，小石頭不再只是從口袋扒出來的十來個，而是一整個畚箕抬下來。

唉，原本功課就是一塌糊塗的子陽，這下子又更糟糕了。

16

最近溪底的西瓜園需要很多零工，外公外婆天天有工作機會，早出晚歸，兩人回家後雖然都會累得靠在椅子上打盹，但是神情愉悅，一直空空的茶葉罐裝得滿滿的，我們口袋裡也經常有了零用錢，縱使不多，大家也高興得彷彿自己是個大富翁。

清晨的大雨洗盡蒼穹，太陽在雨後的晴朗天空中顯得更加亮麗。我牽出腳踏車，英英脖子前掛著裝滿烏龍茶的水壺，準備跟我到溪底。

外公外婆不愛可樂，他們最喜歡喝這種台灣烏龍茶了，阿蘭用冷開水浸泡茶葉，一小時後，茶水流透著迷人的金黃色，我們五個小孩也常跟著外公外婆喝上一杯，哇，瓊漿玉液！

來到村外，太陽匿跡，小雨又開始漫天紛飛，我騎過香茅田，香茅纖細的身影披掛著一身羞赧的綠意，在雨中展現興盛的生命力；我騎過釋迦園，雨珠濡濕了釋迦樹的腳跟，亮綠的嫩葉隨風輕輕抖動；我來到鳳梨園，雨珠在鋒銳的針葉彈出曠野之歌。

英英在後座哼著日本卡通歌曲，我們的斗笠也隨之譜出輕巧的噠噠聲。

原以為是詩情畫意的雨中行，想不到來到堤防邊，天色大變。雷電爆裂，撕開雲層，大雨傾盆，劈開天幕，狂風大作，斗笠幾乎無法穩固戴在頭上。

天空被炸成一片片烏墨蒼穹，團團黑雲疾步如飛，從北方大武山麓那座天際孤島狂奔而來，鳳梨園盡頭處的幾座不到百米高的小山巒，轉眼就被快步繞過樹林的雲塊層層包圍，原本如棉絮般悠閒漂浮在林間，絲縷不絕的雲朵立刻被捲入狂亂的律動之中，看似伸指可撫觸的雲層如澎湃巨浪，洶湧不絕，腳下低矮的廣袤鳳梨園頓時被漫天水舞紊亂的身影吞沒。

我找上一間勉強可以遮風避雨的破舊草寮，摟著英英等候天色好轉。

堤防邊的柏油路面已經出現幾道水流，雨水在田中奔闖，最後從田埂邊的塑膠管進入道路旁的溝渠，淺淺流水竟然還發出轟轟巨響，奔向一旁的香蕉園裡。

不對！轟轟聲響不是來自路旁的溝渠，而是發自溪中，那條寬闊數百米的大溪！

「留在這裡，哥哥沒回來之前絕對不可以離開！」我把英英抱上草寮裡的竹堆。

英英猛點著頭，眼中出現懼意。我跨上腳踏車，頂著暴雨直衝上堤防，才騎上來，就看見暴漲的溪水圍困著一片沙洲，幾位大人手臂交纏，緊緊攏靠在一起。

「阿公！阿嬤！」我衝下堤防，在車上狂呼，一直騎到奔騰怒吼的水道旁才跳下車，大人們驚悸的臉上轉現歡騰，有人朝我比出打電話的手勢。

「回去！回去！」外婆在那一頭淒聲吶喊，外公掙脫其他人的手臂，撿起小石子一直往我身上砸過來，「危險！回去！」

沒被石頭砸到，我卻猛然驚醒，跨上車子衝回堤防上，我使盡渾身力道踩著腳踏車，試圖找到一部可以撥打一一九的電話，大雨猛擊臉頰唇角，痛楚流闖，我心驚惶，路上不見人跡，一直騎到消防隊才找到救兵。

我像是衝鋒的自行車選手，救護車隊幾乎追不上我，一直來到堤防邊的草寮，看見英英還坐在竹竿上，見我出現，她立刻站在竹堆上，振臂高呼：「哥哥，坎叭帖！」嗚，她以為我在跟救護車比賽，還站起來興奮地幫我加油。

所有的人都安全回到家，外公外婆感冒上身，兩人在房間內摟著被子，阿蘭在屋外火爐熬煮黑糖薑汁。

「進房間去，你們又沒感冒，這是要給阿公阿嬤喝的。」她拍拍他們的屁股，把三個在火爐邊等候喝一杯薑汁的弟妹趕進屋內。

雲已散，繁星高掛，月亮露臉了，哇，形狀真像是一顆渾圓的大西瓜。

17

英英上了國小一年級，功課跟我和阿蘭一樣都是一級棒，隨便寫一寫，每科都是一百分。

這下子，外公外婆看子陽帶回來的考卷時，眉頭皺得更深了，但是自從那次拿下「大滿貫」之後，可怕的紀錄就不再出現，所以外公沒有將他關在廁所：「唉，以前家裡國小的學生，你都是包辦第三名，還好，現在哥哥已經升上國中，所以你沒有退步，一樣是第三名。」

「明年英鴻上小學，你就會退步一名，第四名。」外婆在燈下縫被單，連考卷也懶得瞄一眼。

英英上了小學沒幾天就結交了一位死黨，這位可愛的小妹妹三兩天就到我家找英英，瓜子似的臉蛋，黑得發亮的濃密長髮，纖細的骨架，說起台語還有一種奇怪的腔調。

「媽媽大概是越南人。」外公外婆這樣子猜。

沒錯，有一次她媽媽用機車載她來找英英，跟外公外婆打招呼，外公外婆立刻就知道她是誰家的媳婦：「萍萍說要來這邊找同學，我載她來。」

外公外婆聽不大懂她說的國語，我充當翻譯：「萍萍的媽媽問能不能讓萍萍暫時在我們家玩，她還有工作，等一下再來帶她回家。」

「好啊！好啊！」外公外婆總算搞清楚越南媽媽後半段話的意思，外婆笑呵呵地朝她擺擺手，要她快快去工作：「放心啦，萍萍在我們家吃飯、睡覺，妳放心去木瓜園。」

看來外公外婆認識萍萍的越南媽媽，但是以前都不知道我們家的小貴賓就是這位媽媽的明珠，這次把媽媽跟女兒湊在一起了，親切感更是加倍。

我突然想到一個問題：如果英英果真是媽媽跟日本人生的孩子，她就是有台日兩種血統，萍萍有越南跟台灣的血統，兩人現在又是好朋友，這真是奇妙啊。

歐陽老師在課堂上經常跟我們強調：村裡幾乎都是南島平埔族的後裔，現在萍萍的越南血統又從南方國度盤踅而來，哇，真酷！台灣、日本、越南三種血統在我們村內交融。

歐陽老師說這種村落的後代比較聰明，也比較健康，嗯，好像真有這一回事喔！

18

進了國中，又認識了一些村外的朋友，我的成績依舊名列前茅，同學有些是住在客家村，但是連一句客家話都不會說的客家人，也聽不懂台灣話，跟他們說話只能用國語。

國中的校長是一位很漂亮的中年婦人，她連責備學生時看起來都像是笑容滿面。瓜子臉，跟媽媽一樣漂亮，但是身材袖珍，不像媽媽那麼健美，整體給人一種莊嚴勻稱，而且高雅迷人的印象。

有一天，導師把我叫到走廊：「放學後到校長室，校長有話要問你。」

「請坐。」校長示意我坐在那組大沙發上，我以為自己搞錯了，愣在校長室門口，不敢朝著那體面的沙發走過去。

「來，這邊坐。」校長還是那招牌的甜甜笑容，手中拿著一些資料，再次指向牆邊，我才懷著忐忑不安的心情走向沙發。

「我從資料中得知你是潘麗珍的大兒子，是嗎？」

她一開頭就提到媽媽，我點點頭，不敢說話，心臟幾乎就要從胸口跳出來了。

「很好，媽媽當時也是在這間國中就讀的，你知道嗎？」

我搖搖頭，還是不敢說話，校長雖然臉上堆滿和善的笑容，但是我卻感覺好像是有人拿著刀子把我逼在牆角。

「媽媽當年是模範生，成績很好，學校幾位資深的老師都還在跟我提到她呢。」

校長翻動著她手中的資料，不時抬頭朝我露出慈祥的微笑。

我張大著嘴巴，搖頭，點頭，但就是說不出一句話。

「媽媽現在人在哪裡，外公外婆有跟你們說嗎？」校長開始用詞謹慎。

我搖搖頭，還是不敢說話。外公外婆沒跟我們說，我們也不敢問，但是歐陽老師曾私下跟我暗示，我猜得出媽媽現在人在哪裡，但就是不敢問，也不敢說。

「別擔心，好好讀書，你的體育很好，單單是這一項，我們就能幫你申請很多經費，學校會想辦法，國小的歐陽老師都替你安排好一切了，不必擔心教育費用。」

從校長的話聽來，她跟歐陽老師應該也有很密切的聯繫。

我點點頭，因為校長提到歐陽老師，讓我心情豁然開朗，一陣清風送入校長室，

拂動窗外大樹，樹葉的呢喃聲在我耳際輕盈迴盪。

「你大概不知道媽媽以前在國中時也是體育好手吧？」校長一面翻著資料，一面抬頭跟我說：「哇，得獎次數簡直就是破紀錄。」

我有點得意了，眼尾微微漾出笑意。

「校長手中的資料，媽媽也很高，怪不得你的骨架也這麼健康，這麼勻稱。」

「媽媽現在一定是很漂亮吧？我來算一下，她現在幾歲了？」校長抬頭望向天花板。

媽媽漂亮？當然！幾歲？坦白說，我也不知道，外公外婆從來就沒告訴我，我也不敢問。

校長的手指彎了幾下：「三十五歲，大你二十三歲，那麼媽媽是在二十三或是二十四歲那年生你的喔？」校長臉上出現不敢置信的疑惑眼神，她搖搖頭，眉頭黯淡地皺著，緊盯著我，眼睛卻像磨光的玉石一般晶亮。

我趕緊點頭，表示我知道媽媽是在二十三到二十四歲那段時間生下我。其實我根本不知道，但是我一定要趕快點頭，證明我是很清楚這麼一回事，因為如果我都不知道媽媽今年幾歲，說不定校長會突然告訴我：她不是你媽媽，你是她在外頭撿回來的野孩子。那麼，我就不但不知道爸爸是誰，也有可能不知道生我的媽媽是哪一位？

想到這，我渾身起了疙瘩。

「媽媽是在二十三歲那年肚子懷有你，足歲還不到二十二～」校長這句話只在唇邊呢喃，她是在自我確定一件真相，而不是在跟我確認某件疑惑，但是周遭空氣幾乎凍結，我還是聽得一清二楚，一顆心臟簡直就要跳出胸口了。

校長若有所思，一下子皺著眉頭陷入沉思，一下子點點頭，恍若發現某種重要事情，有時又見她輕搖著頭，最後她示意我站起來：「謝謝你，沒問題了。」

校長送我走出校長室，我才發覺她幾乎只到我的肩膀：「別擔心學費的問題，學校跟歐陽老師都會幫你打點。」

「謝謝校長。」我朝她深深一鞠躬，然後轉身離去。內心滿溢著喜樂振奮的甜美感覺。

我不敢問校長，媽媽國中畢業後考上哪家高中？她高中畢業後有沒有上大學？我總覺得村裡的大人不想跟我們提到這些事，我也總覺得媽媽在村內風評很差，大人一直不跟我說媽媽過去的事，外公外婆那邊呢？我根本不敢問，因為我很清楚兩位老人家也是很傷腦筋，我不會傷他們的心，就連阿蘭跟子陽以前是如何跟媽媽四處流浪，我也不敢過問，好好照顧這四個弟妹就是我的職責，別讓外公外婆再多一層牽掛吧，我經常如此叮嚀自己。

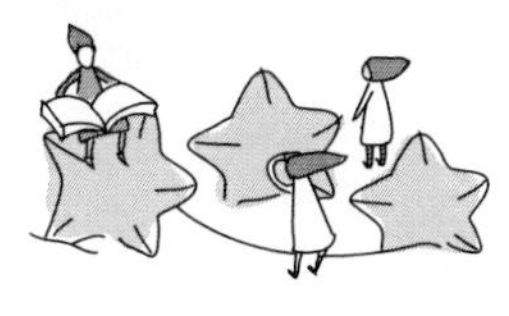

19

迎神廟會過後幾天，我們還在放暑假。中午時，我會哄弟妹們睡午覺，有一天，門口傳來派出所警員的聲音，阿蘭探頭往外一瞧，當場慘叫一聲，立刻牽著我的腳踏車，打開後門，從菜園小徑中飛馳而去。

我將門打開，懷著七上八下的心情問滿臉喜色的警員：什麼事？

警員後面站著兩位大人，其中一位見我走出來，立刻伸手朝我揮動著：「嗨！」

「沒錯，沒錯，就是這一家，這位是大哥哥，我認得，哈哈。」

他認得我，我當然也認得他，因為他就是迎神廟會那天，背著攝影器材跟英鴻買畫，還讓我們請喝一杯阿蘭調製的紅茶的那位好好先生。

嗚，他帶警察來我家幹什麼？還帶著一位身穿體面衣服，看似很有錢的先生來？

「你最小的弟弟，就是很會畫圖的那個，叫什麼……」警察一時分不清英英跟英鴻的名字，拿下警帽猛抓著頭皮。

好險，警察不是在問阿蘭，看來這位買畫的先生不是來報仇的。

「英鴻，他在睡午覺，我去叫他，請進！」

大生意上門了！我趕緊衝進房間內，一把抱出呼呼大睡的英鴻。

「小畢卡索」窩在我懷中，眼睛根本就睜不開，也不理那天跟他買畫的人彎下腰來跟他說：嗨！認得我嗎？他照樣睡得像頭小豬一樣。

「是這樣子的。」另外一個先生開口了：「那天看過鄭老師帶回來的畫作，我們立即肯定這個小朋友是天縱英才，我們想拿他一幅作品，送到東京參加比賽。」

「小畢卡索」還是睡到呼呼作響，理都不理他。

「有獎金嗎？」警察先問了，他了解我們的家境，對我們能否賺到獎金比較在意，一開口就關心這個問題。

「當然有。」鄭老師靦腆一笑：「但是不多。」

「獎金不是重點，反倒是得獎後攏聚而來的掌聲才是讓人憧憬啊。」那位看來很有錢的先生雙手在胸前比出一個傳教士向信徒開示神聖使命的姿勢。

這句話我似懂非懂，警察卻好像完全意會，一直點頭：「沒問題，我幫你們關照這事情，我會督促英鴻畫一張，如果你們沒時間過來取畫，派出所負責想辦法送過

去。」

那兩個人離去前堆滿笑臉，還彎下腰，將臉湊到英鴻臉前，朝睡夢中的他揮揮手：小天才，小畢卡索，bye-bye。

「阿蘭現在不知躲到哪裡去了？」我望向開敞的後門，不知怎麼辦。

「小意思，看我的。」子陽吹出一陣長短有韻的口哨，一隻黑狗猛搖尾巴，興沖沖地從沿山公路對面的田裡跑了過來，子陽拿出阿蘭一隻鞋子讓牠嗅一下，摸著牠的頭，說一些我聽不懂的術語，子陽指向菜園，黑狗歡天喜地，馬上奔馳而去。

「等一下！牠聽得懂你的交代，但是找到阿蘭時，牠要怎麼跟阿蘭說？」

「對喔，我怎麼都沒想到？」子陽趕緊又吹了一聲口哨，那隻黑狗緊急煞車，一轉身想衝回子陽身旁聽候新的命令，想不到菜園小徑路窄，牠靈巧一轉身，竟然一頭撞上外公用竹子搭建的絲瓜棚！

「嗚！嗚！」黑狗發出陣陣哀鳴，夾著尾巴走回來。

「回家，沒事了。」我把寫好的紙條綁在塑膠繩上，再將塑膠繩套在黑狗的脖子，摸摸牠剛剛撞到竹子的頭，再塞一塊餅乾在牠的嘴裡，黑狗再度啟程狂奔！

20

外公的鐵牛車這一陣子生意不錯，天天都能接到生意，有時是載運農產品，有時是填土的砂石，村裡種香蕉的人還會請外公載送塗滿黑柏油的竹竿，這些竹竿數量很多，外公一忙就是一整天，回家把錢交給外婆時，兩人總是笑瞇瞇的。

子陽開學後繼續做他的生意，只不過生意逐漸走下坡，但是他那幾隻豬公早就餵得飽飽的。外婆把它們剖肚後，算一算，決定在這個星期六全家出動，到高雄好好玩一天。

我們全部穿上自認為最漂亮的衣服，坐上外公的鐵牛車，一路往潮州鎮上的火車站出發。外公的鐵牛車沿途發出噗噗的引擎聲，緩緩朝車站駛去。

初夏清晨，天空一片洗藍，除了奔忙的鳥兒，別無他物與雜色，只見幾朵飽漲綿密的白雲浮貼在大武山和蒼穹交接處，一群雪白飛鳥振翅在靠近沿山公路旁的綠色山谷，它們排成人字形，我似乎還依稀能感覺得到樹梢被羽翼擾動時，綠葉發出的嬉笑

聲息呢。

我們高興得像是在天空暢快飛馳的小鳥，沿途喝著外婆幫我們準備的水，吃著村內雜貨店買來的餅乾。

英英開始唱起卡通的主題曲，我們只能有一句沒一句的附合，因為她都是唱日本歌，從小叮噹唱到忍者亂太郎，從櫻桃小丸子唱到蠟筆小新，沒有一條歌難得倒她，而且啊，她還能模仿卡通裡的腔調，簡直就是把我們客廳那台電視機搬到鐵牛車上來。外公在駕駛座笑得呵呵作響，外婆跟我們在後座拍掌同樂。

「帥喔，阿寶，我都不知道你家有這種車子！」

我們的鐵牛車經過客家村，停在紅綠燈前，一群國中的客家同學立刻湊過來，大家七嘴八舌，外公還特定幫他們解釋這部鐵牛車的功能，他的華語不流利，只好用台語，但是同學只聽得懂華語，我忙著翻譯。

「帥喔，阿寶，你們要去哪裡？」，「帥喔，阿寶，讓我坐一下，好嗎？」

外公外婆沒見過我這些國中同學，但也立刻把他們當成一家人：「呵呵，改天吧，改天叫阿寶帶你們到我家，阿公阿嬤載你們出去玩，好不好？」

鐵牛車駛離客家村，我們進入村外的椰林大道，外婆開始唱歌了！

「不知看過有外多擺，月圓變月眉，每日流著相思的目屎，茫茫塊等待～」外婆先用她那好像是鴨子的嗓音唱上一段。

「妳的純情愛，阮非常了解，雙人分開確實是無奈，忍著他鄉虛微的心態，不敢來辜負著你的愛～」外公拉開他那比鵝叫好聽一點點的嗓門，接著唱男調。

「啊～心愛，有你的關懷，溫暖在心內。」外公外婆一齊合唱。

「耶！耶！耶！耶！耶！」我們五人大聲鼓掌，子陽還咬著大拇指吹起一長串尖銳的口哨。

「呵呵，下星期村裡的活動中心要舉辦歌唱比賽，阿嬤跟阿公就是報名這首『月圓思情』，男女情歌對唱，哈哈，你們幾個乖孫到時要來捧場喔。」

哇！真酷！這種歌聲還要上台比賽？不過也還好啦，我在活動中心就經常聽那些中老年人在唱歌，有些人唱起歌來還比我們家裡的雞鴨鵝的叫聲還要難聽，說不定，哈哈，到時外公外婆一路過關斬將，抱回大獎盃也說不定！

外公將鐵牛車停在潮州火車站附近，他朋友家前面的空地，我們搭火車到高雄，再跳上一〇〇號公車到百貨公司，英英跟英鴻在百貨公司門口拿到兩顆氣球，他們高興的笑聲讓我回想起派出所所長送我腳踏車時，當時我的雀躍。英英還用日文跟人家

說：阿里嘎多～鍋咂一螞詩（謝謝）。

子陽拒絕從門口大姊姊的手中拿氣球，他說那是小孩子的玩意，而且也是累贅，「我是大俠！」他在高得嚇人的百貨公司門口大吼，外公外婆被他嚇了一跳：「呵呵，猴死囝，這裡不能玩彈弓，你給我小心一點，打破人家的東西，把你賣掉都不夠賠錢。」

逛遍每一樓層，我們一家人雖然都沒花到一毛錢，沒有跟著其他小孩吵著要大人買玩具，但是大家都很快樂，外婆的袋子裡，水壺，點心，樣樣俱全，渴了，餓了，我們一家人就坐在休息區漂亮的椅子上吃吃喝喝，哇！幸福啊！

夜色籠罩在夢時代百貨廣場，我們排隊準備搭摩天輪觀賞高雄夜景。外公外婆說他們有懼高症，外公還故意在胸口拍拍：「你們坐就好，阿公阿嬤怕怕，不敢坐。」

他們笑嘻嘻地看我們準備坐上摩天輪的車廂，我知道，其實外公外婆不是不敢坐，而是捨不得花這筆錢，家裡的錢不多，他們寧可自己在原地孤寂等候，也要把錢省下來，讓我們上去開開眼界。

摩天輪緩緩爬升，我們興奮地在籃子中大吼大叫，萬家燈火，盡在腳下世界，宛如滿天繁星銀河灑落在高雄地面，夜風徐徐，如同絲綢般滑過我們身上。

「飛機！飛機！」英英先看到西邊夜空中的一架飛機，大叫了兩聲。哇，一架飛機閃著燈光，漂浮在外海的天空中，緩緩滑向小港機場，那景色有多美啊！我們又再度拉開嗓門，興奮地大吼大叫！

飛機消失在眼前，我們轉頭望向東邊，城市裡數不盡的燈光閃爍在眼前，「哇～哇～」大家目瞪口呆地發出讚美聲，此時我卻發現阿蘭突然沉寂下來。

我不敢問她，只站在她背後默默觀察，她伸出一支手掌，似有若無地朝著東方暗夜搖搖手，我突然想起那個方向就是高雄大寮女子監獄，我也伸出一隻手，陪她朝著漆黑中的小山巒搖搖手，阿蘭用另一支手背擦擦眼角，我不打擾她，轉身伸出兩隻手摟著大吼大叫的三個弟妹，一樣跟著他們大吼大叫。

「哈哈，阿蘭也有懼高症，你們看，她嚇得眼眶都紅了。」外公外婆站在出口等我們，見我們衝出來時高興得哈哈大笑。

回家途中，我們都累癱在後座，外婆背靠著車台不斷打瞌睡，阿蘭抱著英鴻，一樣靠著車台，兩人已經呼呼大睡，子陽跟英英睡在我的懷中。

外公慢慢開著他的鐵牛車，夜色已深，左方大武山的身影沉入無垠黑暗中，路旁大樹的小枝椏逗弄著天上的尖細月牙，路上不見車子，偶而一兩部機車跟我們同向回

村里，超車而過時，騎士微笑著打量我們。

我抬頭探望天上星星，這裡的星兒比起剛剛我們在摩天輪看到的星星還要大、還更明亮，我回頭想找高雄方向那座小山巒，卻被層層夜色遮蔽。我沒有睡意，我在想：媽媽現在是否靠在窗戶朝著我們這個方向眺望？她是否跟我一樣看到這裡同樣的星星？睡了嗎？知不知道我們正在回家的路上？她看得到車上沉睡的弟妹跟外婆嗎？看得到外公操控著鐵牛車的身影嗎？

21

夏季大雨已過，秋天到來，大武山裡的蓊鬱樹林已無充沛雨水的洗禮，只剩飄搖在崇山峻嶺的雲朵化為涓涓水珠，在枝梢滴垂，在石縫中探索。

溪水來到村外，已無狂野活力，只能在大小石塊中展現蹣跚的詩意腳步。

溪底的流水越來越淺，水道變成水潭，膝蓋深度的淺潭沒有滾滾溪流的貫注，只剩伏流在底層為窪地添加水源。

這些淺潭中肥肥的鯽魚成群結隊，阿蘭下課後拿著畚箕撈魚，不用多久就能帶回來一大水桶的小魚，她用醬油、蒜頭、薑、蔥、糖和米酒調味，滷了一大鍋，鮮嫩的肉質，肥美的魚卵，哇，人間美味！我們總是吃得滋滋作響，外公外婆一直稱讚阿蘭懂事，不用他們教，連這種台灣傳統料理都能煮得那麼對味，那麼道地。

秋天跟我們道別的腳步才剛提起，冬天還未露臉，急流就已經完全撤出溪底，涓細水道淙淙琤琤，阿蘭下課後就更勤快地往溪底跑了，外公在菜園用磚塊做了一個簡

易魚缸，阿蘭帶回來的鯽魚我們吃不完，剩餘的就養在魚缸裡。

星期六一大早，天沒亮，她就起床，滷了一大鍋，準備待會拿到廟邊的小市集做生意了。

阿蘭把一大鍋的滷鯽魚綁在我的腳踏車後座，子陽跟英英一前一後扛著外公的長板凳，英鴻帶著他畫的招牌，四個人浩浩蕩蕩往村內出發！

英鴻已經學會注音符號，不肯讓阿蘭動筆，他堅持要在自己的大作上親筆寫上「ㄧ ㄨㄢˇ ㄦˋ ㄕˊ ㄩㄢˊ」，村裡幾位大人靠過來，搞了老半天才知道，原來阿蘭的意思是要賣「一碗二十元」。

糟糕，阿蘭沒有事先規定是多大一碗二十元，是裝飯的小碗？裝炒菜的中碗？還是裝湯的大碗公？

一位阿伯先問起，阿蘭立刻慌了手腳，結結巴巴，不知如何回答，一位常來找外婆的老婦人，拿著一隻在雜貨店剛買的雞毛撣子，當場狠狠打了一下他的屁屁：「貪心！當然是吃飯的小碗，你想唬小孩子嗎？」

這位老婦人從家裡拿來兩個碗和四個十元硬幣，還站在板凳前大聲宣傳：「好吃！好吃！我到她家時，一坐下來就連吃好幾碗！」

但是我們記得阿婆來我家時，從來沒吃過這道料理啊。

唉，阿蘭竟然不知道要準備塑膠袋和標準容器，就連找零也沒準備，還好，大湯匙有帶來，否則，客戶想買來吃，還得自己帶湯匙，那豈不是要笑死人了？

哇，生意好得不得了！外婆的朋友一吆喝，大人紛紛從家裡端著碗走過來，那位剛剛被打屁屁的阿伯也拿著一個比別人小一號的迷你碗來捧場。

哇，生意好得不得了！沒多久就賣掉一整鍋，阿蘭的口袋多出了三百塊的零用錢，高興得都快瘋掉了，她當場論功行賞，英鴻二十塊，子陽跟英英一個人四十塊，她自己留下二〇〇塊。

子陽跟英英歡天喜地，一前一後扛著板凳走回家，英鴻轉眼不見人，想必是跑到糖果店消遙一番了。

阿蘭回家洗好鍋子後，煮好午餐，沒休息就牽出我的腳踏車，帶著桶子跟畚箕衝到溪底，準備明天星期日擴大營業，「星期天會有更多人出來買菜！」，她不但說起話來興高采烈，就連準備出發的動作都滿溢欣喜氣息。

想不到，沒一會功夫就見她哭喪著臉，帶著空空的桶子跟乾乾的畚箕回來了，「前天溪底還有水，現在水都乾掉了，魚都死了啦。」

子陽自告奮勇，帶著他挑選出來的幾隻俐落忠犬往溪底搜尋還未乾涸的水潭，一些行動慢吞吞的狗也想跟過去，立刻被他的吼聲罵回來。

唉，不到半個鐘頭，子陽一樣垂頭喪氣地回到家裡。

唉，看來阿蘭的生意跟子陽一樣，都只是曇花一現而已。

22

這段時間外公的生意一直都很差，那部鐵牛車連續好幾天停在老樹下，外公拆這拆那，一塊大抹布攤開在地上，車子零件擺了一整地，他面帶憂容，慢慢幫那些螺絲上油，外婆在屋前劈著木柴，這些都是準備煮飯燒開水，還有燒洗澡水用的柴火。

屋後巒峰被漫天飛騰的水氣暈染出幾層模糊的稜線，外婆叫我從屋內拿出塑膠帆布蓋好屋前幾乎有一人高的柴堆。

今年入冬，依舊多雨，但都是只能濡濕枝葉的毛毛雨，河流乾涸如往年，阿蘭幾次帶著英英跟英鴻探遍附近細流，都無法找到可供加菜上桌的魚蝦，更別提想到廟前做個小生意了。

我跟阿蘭都知道家裡快沒錢了，自從警察來家裡帶走媽媽之後，她就一直沒有寄生活費回來給外公外婆。子陽的外快已經斷線，因為村裡已經不流行吃斑鳩，前陣子存起來的錢應該已經快耗絕了。

過年就快到了，外婆跟外公兩人一說到錢的問題都會儘量放低音量，但是我跟阿蘭都聽得出來他們很擔心，他們正憂慮今年不知道要如何讓我們過一個高興的新年。

以前過年時，媽媽雖然不是每一次都回家，但是都會寄一些錢回來，外公外婆還不曾擔心這問題，媽媽也會寄玩具，雖然她沒有註明哪個是要給我，哪個是要給阿蘭，哪個又是子陽或是英英、英鴻的。但是我們一拆開包裹，總是就會在第一眼就認定出哪個就是自己的。

我知道媽媽今年應該是不會再寄錢或是寄玩具回來了，阿蘭是否也知道？我不敢問她，但是有一天，我剛巧看見她在村內糖果玩具店，站在那一盒特大號的「洋娃娃家庭」前發呆，我就心裡有數，站在店外，看她摸著盒子的表情，臉上不見期盼的神色，我想她也是心裡有數，今年春節時自己應該拿不到可以跟同學相互炫耀的玩具了。

23

歐陽老師換了一部休旅車，那部老爺車聽他說只賣了三千塊錢，意思就是說：當成是廢鐵被環保局回收了。

新車交到他手中那天是星期五，星期六一早，他就把車子開到我家，還未停妥就在車內朝著目瞪口呆的我說：「阿寶，要不要出去兜兜風啊？」

我沒有立即回答，因為前座有一位漂亮的小姐，她從車窗伸出手朝著我打招呼：「嗨，阿寶，你好。」

「怎樣，帥吧？」歐陽老師下車後，雙掌全開，側著身子跨出馬步，雙手在車旁搖動著，活像似廣告女郎在介紹新奇產品。

「帥喔，要不要一百萬？」我也學起老師伸出雙掌，側著身子跨著馬步，雙手在車旁搖動著。

「沒有啦，最便宜的，還不到六十萬。」老師神色飛揚：「來，跟你介紹一下，

林小姐。」

「阿寶，你好。」林小姐一臉笑盈盈：「歐陽老師一直跟我說你很聰明，很懂事，果然沒錯。」

「師母，您好！」不知從哪裡來的傻勁，我很自然的就喊了一聲師母。

「什麼！什麼！你剛剛叫她什麼？」老師手裡抓著幾包不知是什麼東西，聽我這麼一喊，他嚇了一大跳，手中那幾包東西還差點就掉到地上：「小子，嘴巴這麼甜，嘿，嘿，算是沒有白疼你了。」

林小姐雖然臉都紅了起來，但還是笑得很開心，跟著我走進屋內。

老師帶來好幾袋小包裝的米：「跟阿嬤說，這是我在郵局當局長的哥哥給我的，現在郵局跟7-11一樣，連米都在賣，我哥哥和我都只有一張嘴，吃不了那麼多，白米又不能擺太久，你們負責幫我吃掉。」

「謝謝老師。」老師說得頭頭是道，但是我知道這是他自掏腰包買來送我們的。

「怎樣，要不要出去兜兜風啊？我們跑一趟沿山公路，好不好？」老師想帶我出去玩，林小姐也邀請我：「一兩個鐘頭而已，如果不放心弟妹，把他們也一道載出來，好不好？」

「不行，阿公阿嬤出門前有交代，今天不能出門，謝謝，下次好了。」我扳起臉孔跟他們撒個謊，因為我已經是大人了，我知道，此時，怎麼可以當電燈泡呢？

秋冬的沿山公路詩情畫意，老師，您一路慢慢開，別趕路，記得常停下車，摘朵花，別在她的秀髮上，您一定要找一片空曠的原野，停下車，牽著林小姐的手，漫步綠草間，如果聽到銀鈴般的叮噹鳥鳴，記得抬頭仰望，因為雲雀在半天吟唱。

老師，bye-bye，師母，bye-bye，我堆滿笑容，伸長著手，朝著駛出我家門前空地的車子輕盈地擺擺手。

太陽西斜，漸漸投向遠方海邊的懷抱，斜照的日光攙揉在徐徐微風中，把我腳下的土地染成一片燃燒般的金黃色，鏤在路上的片片陽光，還有那掠過樹梢的縷縷霞光，交織成漫天繽紛，灑落在老師那部徐徐離去的銀白車子上。

24

一年一度，國小的運動會跟鄉運一起辦，國中的運動會當然也湊合在同一天。

一向包辦考試成績後段排名的子陽，總算在運動會時有了上台領獎的機會了，他拿下國小中年級跳遠冠軍，得到一個獎盃和一打毛巾，但是抱回來的卻是兩打香皂，因為他連獎杯也不要了，連同獎杯跟毛巾，直接跟其他得獎同學換了兩打香皂。

外婆樂得很，一直稱讚他有頭腦：「毛巾家裡還很多，那個獎盃又不能當碗盤用，給阿公當酒杯？恐怕會找不到錢買酒，哈哈，香皂大家都用得著。」

我在家裡整理網球拍，準備下午跟歐陽老師聯手痛宰其他高手，子陽把香皂交給外婆後，就帶著兩隻狗往村內走，不到十分鐘就看他跟那兩隻狗興高采烈地跑回家，他跑得氣喘吁吁，卻樂得大呼大叫：「爽啊！爽啊！」，兩隻狗狗也是樂不可支，繞在他身旁，不斷奔躍。

我看見他的褲袋中插著彈弓，問他是不是又去打斑鳩。他神祕兮兮地搖頭，自己則是笑得喉嚨都快沙啞了。

這次鄉運網球賽，我跟歐陽老師又是報名成人雙打，一樣是找不到對手，雖然沒有獎金，但是獎品也不少，歐陽老師照樣把獎品通通送給我。

這次鄉運，每個教職員都忙得很：「阿寶，改天我們再到牛肉店慶祝，好不好？」

我咧嘴一笑，笑得很開心：「老師，您跟林小姐結婚那天，我們才一起慶祝，嘿，嘿，怎樣？」

「嘿嘿，好小子，告訴你，有希望啦。」老師笑得嘴巴幾乎可以塞進一顆網球了，拿起球拍，敲敲我的屁股，我們師徒兩人同聲笑得樂呵呵。

當天晚上阿蘭跟我說：「子陽上台領獎時，是校長頒獎給他的，校長一副臭臉，連拿獎盃給子陽時，也只是用一隻手隨隨便便遞過去。」

「瞧不起子陽？」我當然清楚，校長對我也是一向如此：「子陽有沒有發覺？」

「怎麼會沒有？哈哈哈！」阿蘭突然莫名奇妙地笑到捧著肚子，子陽聽到笑聲，探頭進來瞧個究竟，阿蘭笑得幾乎上氣不接下氣：「哈哈哈！校長室靠圍牆這邊的玻璃今天下午幾乎全部都破了！」

「本來是可以全破的！」子陽知道阿蘭現在說的就是他下午幹的好事，跳出來解說：「我算錯了，石頭少帶了幾個，想從地上找石頭，卻找不到，後來學校職員走過來，兩隻狗狗開始緊張，我只好放棄了。」

「你是怎麼算的？」我心裡有譜了，他一定是算錯了，我知道校長室靠圍牆這邊的玻璃一共二十片。

「我還以為四×五＝九」子陽說得理直氣壯，越講越大聲：「這能怪我嗎？九九乘法才剛學咧。」

「哈哈哈！」房間外傳來外公的大笑聲；「猴死囝仔，要是被抓到，這次把你賣掉，應該夠賠吧？哈哈哈！」

「哈哈哈！比我還笨！」外婆笑得快喘不過氣來了：「阿嬤沒讀過書，也知道怎麼算，一片一片數，二十片啦，哈哈哈！」

「等等，你趴在圍牆上發射？」外公突然緊張起來了。

「我哪有那麼笨咧？」子陽比手畫腳，房間內跟客廳裡兩邊跑：「阿公，我當然知道圍牆那邊有監視器啊，我是爬上對面馬路的樹上，要不然我帶兩隻狗狗幹什麼？當然是兩邊幫我把風啊。」

「哈哈哈！」英英跟英鴻不知大家在高興什麼，但也是裝作笑得很融入，兩人在一旁，一邊拉著褲子，一邊仰天大笑。

「你們知道我打完十顆子彈才用多少時間嗎？」子陽這下子得意到了沸騰點，雙手凌空揮舞：「咻！咻！咻！學校的鐘聲響起，我才射出第一發，鐘聲還在響，校長室的玻璃已經破了十個，砰！砰！砰！」

「哈哈哈！」外公外婆笑到幾乎嗆了氣，兩人猛咳嗽，外公突然想到校長室窗戶外有鋁製的保護網，喘了一口大氣：「等等，玻璃窗外還有阿嚕米（鋁）的格子狀保護網，那些洞還不到一個拳頭大，你真有那麼準？」

「當然！當然！」子陽雙腿微蹲，雙拳緊握，大吼一聲：「我是大俠！」

過幾天，阿蘭告訴我：校長室靠走廊那邊的玻璃還是保持原先霧面的毛玻璃，但是靠圍牆那邊的窗戶，雖然下端的十二塊依舊是毛玻璃，但是最上面八塊已經換成可以看出去，從外頭卻看不進來的帷幕玻璃，而且校長的座位移到走廊那一側，顯然校長準備下次有人再出手時，他可以從校長室內得知刺客身分，而對方並不知道他已經發覺。

哼，他一定幹過不少壞事，仇人一定不少！

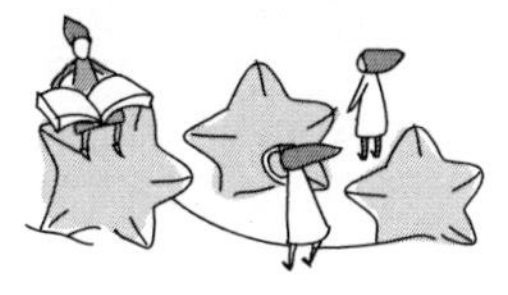

我突然回想起小學時經過校長室的疑惑，為什麼校長室的窗戶全部都是用不透明的毛玻璃？為何不用跟我們教室或老師辦公室一樣的透明玻璃？是不是校長室裡經常有貴賓，不想讓學生、老師看見？但是，靠圍牆那邊的窗戶下是花園啊，有必要全部都用毛玻璃嗎？

哼，一定是他在那裡幹過不少見不得人的壞事，不想讓人家知道他的人有沒有在辦公室！

25

外公這幾天用鐵牛車載回不少木板，一些是人家拆下來的裝潢，有些是別人丟棄的家具。他拿著工具在樹下敲敲打打，這邊鋸一段，那邊挖一個洞，原來他是想在屋外多蓋一個小房間。

「姊姊要搬家了？」，「姊姊要嫁人了？」英英跟英鴻蹲在一旁看得津津有味。

「呵呵，不是啦，姊姊長大了，快要變成小姐了，以後要自己一個人睡。」外公笑得呵呵大響。

我們四個人還是擠同一個房間，外公笑呵呵跟我說：「阿寶，弟弟、妹妹還小，你先跟他們睡一起，再過一些日子，阿公的生意會比較好，到時我再買一些材料，幫你蓋一間自己的房間，好不好」？

阿蘭的小房間就這樣用免費的材料拼拼湊湊完成，一片裝了鎖的木板門扉，兩扇對流的大窗戶，一張單人床，一張書桌，外婆還從村裡的糖果玩具店要來一張偶像的

海報貼在牆壁上。

阿蘭高興得簡直就要發瘋了，她流著眼淚從背後摟住外公，下巴靠在外公的肩膀：「謝謝阿公。」

我這才發現阿外公已經比阿蘭還矮了幾公分，嗯，果然如外公所說，阿蘭快要變成小姐了。

國小決定讓阿蘭跳級，直接將她送上國小六年級。這件大事轟動全村，所長還親自帶禮物來恭喜，村長也來了，一直稱讚我們家的小孩子。

歐陽老師當然也來到家裡向外公外婆祝賀。阿蘭高興得手舞足蹈，忙進忙出，拿出平常她一直捨不得用的那個花俏玻璃杯，那包同學送給她，一直被她珍藏在抽屜裡的花茶，這時已經浸泡在杯子中，恭謹端到老師面前，老師不勝驚喜，一直跟外公外婆稱讚阿蘭，外公外婆呵呵笑著，阿蘭卻是滿臉通紅，一臉嬌羞，轉身急急跨出屋子，溜回她的房間。

我們得知讓阿蘭跳級是歐陽老師主動提出，其他老師當然同意，送交校長裁決，老師說：這次校長不但答應得很爽快，還主動督促進度。

太棒了！阿蘭就這樣跟隨著我，成了歐陽老師的學生。下學期就能跟我一同上國中就讀了。

「太棒了！姊姊明年升國中，家裡國小的成績我還是保持第三名，阿公阿嬤放心啦，我不會再退後一名了。」子陽也很高興，外公外婆聽了卻是直搖頭，猛嘆氣。

但是，我們總覺得那個鮪魚肚校長在阿蘭跳級後，依舊對她不聞不問，而且也從沒到家裡跟外公外婆說點客套話。我在想：校長會這麼爽快答應，說不定他也不喜歡阿蘭，希望她趕快畢業，早早到國中就讀。

26

外公又做了兩支彈弓，一支是用採自屋後的番石榴枝幹，削出來的彈弓堅挺如鐵棍，彷彿可以打下天上的飛機；另一支則是採自屋旁的龍眼細小樹幹，做出來的彈弓相當靈巧，子陽說他打算拿這支射下蚊子。外公說：這兩種木材的材質最硬，不可能變形，樟樹雖然很香，但是材質比較軟，用久會變質。

「子陽大俠」補給到兩門輕重皆備的武器，我們桌上的動物性蛋白質的來源又更豐富了，除了偶而吃吃斑鳩，鵪鶉也上桌了，這種大人稱之為「無尾鵪鶉」的小鳥平常很難抓到手，牠們身型如小雞，奔馳於田園間，兩支細腳，動作飛快，一眨眼就消失在草叢中。

子陽那把龍眼樹枝做成的輕巧彈弓派上用場，「無尾鵪鶉」經常是成雙的躲在草叢裡，狗狗當先鋒，趕起牠們後，鳥兒振翅，但是牠們無法凌空高飛，彷若是兩個低空飛靶，子陽連發兩門，咻！咻！兩隻小鳥應聲而落。

不但動物性蛋白質更豐富，水果也上桌了。

村外幾棵野生的芒果樹到了冬天已經結實累累，以前我們都只能撿一撿掉到地上，已經幾乎快腐爛的芒果來解饞。

子陽帶著英英跟英鴻出征，兩個小跟班站在樹下（當然還要大俠幫他們調整方向），一左一右拉著一件衣服，大俠挑選一些扁平的小石片，大彈弓瞄準蒂部，咻！扁平的小石片宛若利刃，凌空斬斷蒂部，一整串的芒果落在兩個小跟班拉扯成緊繃狀態的衣服上，帶回家後，我們就有吃不完的芒果。

「那幾棵芒果可以採，別人家的芒果園不可以動腦筋，連一個腳步都不可以踏進去，知道嗎？」

其實，外公外婆的交代是多餘的，家裡雖窮，我們可不幹那種事呢！

27

村內那家糖果玩具店裡陳列的那組洋娃娃家庭系列一直沒有人買走，阿蘭下課後常常走進去瞧一瞧。

「過年如果壓歲錢夠的話，我一定要買！」她意志堅定，還特地寫下編號和特徵，以免被捷足先登時，老闆娘沒辦法幫她再訂一組。

阿蘭被分配到歐陽老師那一班，正式跟我成了師兄妹。雖然連跳兩級，但是功課不但沒有落後給新同學，反而一馬當先，外公外婆再也不擔心她暑假後升上國中時會跟不上。

這陣子，我總覺得阿蘭的行為舉止跟以前有很大的轉變，經常在鏡子前一坐就是好一陣子，梳起頭髮來更加用心，以前衣服都是隨便一抓，隨興一穿就出門，最近卻總是看她抓著外婆的熨斗，這邊拉拉，那邊扯扯，反覆用心整理。

阿蘭煮起晚餐時更加用心，她滿臉掛著愉悅的笑容，我探頭看看是否可以準備開飯時，常見她在調理味道時一臉遐思，有時輕輕搖頭，一副自責的神情，有時點點頭，雙手端起碗盤，瞇起雙眼，一臉幸福地嗅著菜餚的香氣。

「妳在幹什麼？」我突然出聲問她。

「哇！」她嚇了一跳，盤子差一點就掉到地上：「偷看我炒菜！」

「炒菜還怕人家偷看，妳在研究祕方嗎？」我想阿蘭大概是打算在村內開一家小食堂吧？市集擺攤賣滷鯽魚的靈感？子陽賣斑鳩的啟示？應該是！

「沒有啦，沒有啦，準備吃飯了。」她的聲音羞澀，靦腆中隱匿著絲絲歡愉，一臉通紅地端著盤子走出廚房。

我們家有錢讓她開個小食堂嗎？別說是租金，就連添購一些鍋碗瓢盆都有問題，也許外公可以幫她做一些桌椅，但是其他設備呢？我不禁替阿蘭暗地傷心。

28

以前下課後，歐陽老師偶而會開著車子到我家走走瞧瞧，看看我們，跟外公外婆聊一聊，然後再開車回家。最近大概是交了這個女朋友，忙著約會，所以也有一段時間沒到我家來走走了。

我很體諒，也希望老師多花些時間在林小姐身上。

「鄉公所下班時間比學校下課時間晚了一些，老師把車子開到鄉公所附近，站在車旁，等候林小姐下班，她踏著輕快腳步，一臉甜蜜的微笑，緩緩靠近車子，老師深情款款地接過她的皮包，右手拉開車門，左手掌護著林小姐的頭，不讓她撞到門框，再輕輕闔上車門，然後，老師帥氣搖著鑰匙，大步走過車前，準備開車。」

哇，這段日記寫得多棒，我闔上日記，幫三個弟妹檢查一下棉被，自己也進入甜甜的夢鄉。

我夢見老師，夢見林小姐，媽媽的身影也走進我的夢中，她摸摸我們的頭，幫我們拉好棉被，然後走向阿蘭的房間，媽媽坐在床邊，摸摸阿蘭自己梳理得有如青春小姐的頭髮，臉上滿是憂戚！

媽媽的眼淚緩緩滑下，我突然從噩夢中驚醒！

29

國中女校長利用星期六休假時來我家，外公外婆高興得手忙腳亂。

外婆拿錢叫阿蘭到村內雜貨店買一大罐可樂，打算要請校長喝一杯，校長竟然硬是把牽出腳踏車準備衝到村內的阿蘭叫回來，子陽一臉失望，英英跟英鴻差一點就哭出來，因為他們三個一聽說要買可樂回來，心想能分一杯，想不到校長如此不通情理，這樣掃興。

「我有帶果汁來，來，一人一瓶，一二三四五六七八，一共八瓶，上星期我在高雄百貨公司買的，都是日本進口的，我們這邊比較少見。」校長一臉喜樂，溫聲軟語地跟我們五個人說明，她從那個大包包內抓出一個大大的購物袋，耶！裡頭真的有八瓶果汁，柳橙、葡萄、橘子、蘋果，還有幾種叫不出名字的珍奇果汁。

哇，真酷！瓶子漂亮得像是藝術品，子陽、英英、英鴻三個人捧著大瓶子，笑得心花怒放，我快速計算一下，哇，真酷！三個人的門牙總共少了九顆。

女校長邀外公外婆到屋後菜園，說她想學種菜，而且打算在學校開闢菜園讓學生動動筋骨。

外公手舞足蹈，搶先衝到菜園，外婆拉著校長的手大步跨出後門，但是我發現他們來到菜園後，話題似乎就全然轉移，外公外婆話不多，反倒是校長低聲說個不停，還經常把眼光掃到屋內痛快交換喝著果汁的我們，到最後，三人竟然越走越遠，一直走到菜園盡頭還不停下來。

校長在跟外公外婆討論什麼？直覺告訴我：是校長在主導話題，外公外婆只是偶而發表意見，兩人忽而蹙眉搖頭，有時吐息點頭，校長還把一隻手放在外婆的肩膀，口氣好像是女孩子在互訴祕密似的。

直覺再次告訴我：他們在討論媽媽的事，而且從三人走回屋內之前，我從外公外婆欣慰舒坦的神色可以斷定：女校長這次來我家是捎來好消息！

30

英鴻那幅畫竟然在東京拿到「特優賞」。

電話那頭傳來那位先生的報喜聲，外公笑得合不攏嘴，拿著話筒朝著空無一人的牆角一直鞠躬：「謝謝！謝謝！都是你的功勞啦，哈哈，我們英鴻哪有你講的那麼好？」

獎金三千塊錢！英英跟英鴻傻呼呼地看著我們歡呼，兩人偶而咧著嘴，陪著我們笑，看起來就更傻了。

結果是：必須親自到台北領獎，接受表揚。主辦單位會負責一個小孩，也就是主角的交通費用，還附帶負責兩位家長的來回車資，不但如此，還可以搭高鐵！

英鴻根本不知道什麼是「特優賞」，什麼是「高鐵」，坦白說，他自己都已經忘了那幅送到東京比賽的大作，他日思夜念的應該就是糖果玩具店裡那些新玩意。

派出所所長第一個過來分享喜訊，他一把抓起英鴻，將他扛在肩膀上，在空地上跑了一圈，讓英鴻樂得哇哇大叫。

外公外婆帶著英鴻上台北，這次外公可就沒有開著那台鐵牛車到火車站，派出所所長一大早就到我家，用他的私人轎車載他們三人直接到左營車站搭高鐵。外公這次穿得體面，外婆穿得像新娘子，全身紅通通的，臉上擦粉，嘴唇還點著胭脂。

「阿嬤要嫁人了！」英英跟英鴻站在門前大喊，兩人笑得嘴巴大開。

「呵呵，猴死囝仔，阿嬤今年都六十幾歲了，還有人要嗎？」外婆嘴巴是這樣說，但也是笑得樂不可支。

「阿寶，房間就拜託你了。」外公出門前交代我把箱子疊好：「我們剛剛換衣服花太多時間，來不及整理了，你幫阿公把屋內的箱子擺好，箱子重，你自己整理，不要讓弟妹進來。」

外公外婆的房間簡單，除了一張床，幾個木頭箱子，其他就是空空如也。我將箱子重新疊好，一個箱子溜下來，蓋子溜開後，跑出一大堆如文件般的紙製品，將它們重新放回箱子前我稍稍看了一下，發現這些東西上寫著「姓名：潘麗珍」。

這些都是成績單，是媽媽的成績單！我如獲至寶，心跳如擂鼓，國小的，國中的，高中的，等等，等等，還有大學的成績單！

天啊，媽媽上過大學？而且成績還相當好，我看她國小的成績幾乎都是第一名，比我跟阿蘭不知要強過幾分，國中還是一樣都是保持在第一、二名，到了高中，還是如此，大學的成績單我就看不大懂，但是從評語中就可看出媽媽讀大學時，在每一位師長眼中都是明亮之星，一顆將來閃爍著耀眼光芒的社會菁英，但是，為何媽媽會淪落至此？看過幾個教授的評語，狂喜轉趨哀傷，我的眼淚差一點就流出來。

阿蘭在屋後的菜園忙著，哼著我愛你、你愛我的流行歌曲，最近她又迷上一個男歌星，常聽她哼唱著跟年齡不協調的愛情歌曲，肉麻又低俗，跟她說過好幾次，不要迷上那種沒有內涵的玩意，她卻說我不懂：班上女同學，誰不迷他啊？

我來回看著這些成績單，從小學看到大學，再從大學看回到小學，這才注意到，原來現在的鮪魚肚校長當年就是媽媽小學六年級的導師！

天啊，怎麼沒有人告訴我這件事情？原來現在的國小校長就是由老師升上來，為什麼校長都沒親口告訴我，他曾經教過媽媽？

我知道了，校長也瞧不起媽媽，哼，算哪根蔥？媽媽這種大美女，豈是你高攀得起？

我繼續翻閱這些成績單，卻發現大四的成績單不見了，為什麼？為什麼只存放到大三下學期？難道媽媽讀完大三就畢業了？

滿腹疑惑，卻無從理出頭緒，我知道無法從外公外婆那邊得到答案，也不敢主動提及，惹他們傷心，他們若真想讓我知道，早就告訴我了。

外公外婆保存的這些成績單讓我欣喜中夾雜著幾分憂戚，我找出幾個平面重物，珍惜地將它們已經捲起發毛的邊角壓平，然後按照年齡順序，從國小一年級開始疊起，直到大三的成績單擺在最上頭，我真的是找不到大四的成績單。

屋外沿山公路幾部重型機車呼嘯而過，捲起陣陣旺盛氣流，驚動四周鳥群。從窗戶望出，見阿蘭一手抓著幾把蔬菜，站在路旁目送這些車隊消失在公路，空出來的手一直熱切地朝著那群騎士揮手道別。

當晚，派出所所長用他的私人轎車把外公三個人從左營高鐵車站接回來，英鴻抱著那張裱褙的獎狀，窩在外婆懷裡呼呼大睡，外公站在門外不斷向所長鞠躬致謝。

所長拍拍外公的肩膀：「謝什麼，是我答應過麗珍，會多花點心神幫她照顧這個家，況且我也覺得很榮幸啊，一天來回，你們累了，早點休息。」

「特優賞」的獎狀寫的是日文，我們只知道幾個漢字，但是，英英卻能用日語唸出不少的日本字，這下子外公外婆傻了眼，阿蘭不知狀況，但我也看出一些端倪：英英真的是曾跟日本人在一起生活過，難道英英真的是媽媽跟日本人生的？

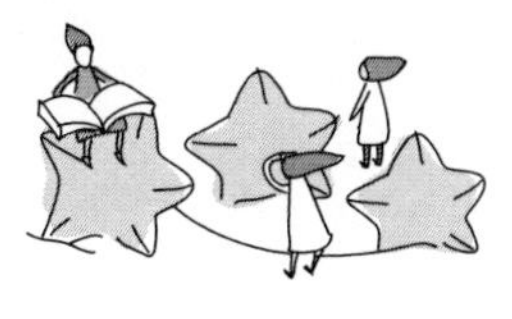

31

除夕傍晚，所長跟一位警員來到我家：「潘先生，潘太太，恭喜！恭喜！」所長雙手抱拳說恭喜，跟在一旁的警員手中抱著一大包的東西，只能朝著我們嘿嘿笑著。

「來，過年時，我們派出所都會從警政署那邊分配到一些禮物，派出所的同事都只有一個小孩，用不了這麼多。」所長從警員手中接過那包大袋子，放在桌上，兩人輪流從袋子裡掏出禮物來。

「來，一人一個。」

哈，騙人，說甚麼是從警政署分配到的禮物，雖然標價都已撕掉，但是我一看就知道這些都是從村內那家糖果玩具店買來的。

哇，他們真是神探耶！那一盒特大號的「洋娃娃家庭」也出現在警員手中，阿蘭驚呼一聲，玩具還未拿到手就已經高興地在原地蹦蹦跳了！

所長分完禮物後，警員又從他的上衣口袋中掏出五個紅包，雙手交給所長後，輪到他發言了：「今年派出所分到三千塊的額外獎金，我們決定分成五包，頒獎給村裡的五顆星，五顆最明亮的星星。」

「雖然一個人只是六百塊，但是代表我們的心意，請笑納。」所長還舉起帽子，朝著我們致意，警員也嘿嘿笑著，舉帽彎腰，像魔術師一樣做出一個很滑稽的敬禮動作。

我們望向外公外婆，我看得出兩位老人家有點手足無措，但還是強裝鎮定，慢慢點著頭，緩緩說道：「過年拿到紅包，記得要跟長輩說謝謝，還要說恭喜發財喔。」

我們五顆星立即排成一列，我當然站在最左邊，再來是阿蘭，子陽，英英，英鴻。

我側身檢驗隊伍，阿蘭緊緊摟著新玩具，子陽、英英、英鴻三人挺身站好，雙手緊貼著褲縫，笑得嘴巴都快拉到耳垂了，天啊，真酷！我快速掃描、計算，三個人的門牙已經掉了十二顆。

那位警員站在我們隊伍前面，雖然所長沒有給他紅包，但是他笑得好像比我們還要開心。所長開始發紅包時，警員還舉起雙臂，自己指揮，自己唱歌：「一閃一閃亮

晶晶，我們村裡有五顆星，他們在村外放光明，一閃一閃亮晶晶～」

哇，真酷！他的頭隨著他的歌聲和揮動的雙臂一搖一擺，不但即興作詞，而且那歌聲讓我想起今晨外婆到菜園抓著一隻雞的脖子準備宰來拜拜，當時那隻雞的叫聲就是這個模樣！

32

春節過後幾天就是開學日。這學期結束後英鴻就可以上國小一年級，阿蘭也可以跟我一樣上國中。

想不到，阿蘭第一天上學，回到家就是淚眼漣漣，先燒了洗澡水後，就將自己鎖在房間中，英英跟英鴻不敢吵，兩人面有憂色地站在門外，我靠過去，將耳朵湊在門板上，聽到裡頭傳出低聲啜泣。

我將英英跟英鴻帶走：「沒什麼事，姊姊今天在學校大概是跟同學吵架。」

外公跟外婆都還沒回家，眼見天色慢慢暗下來，灶爐尚未生火，晚飯怎麼辦？我從柴堆中抽出幾枝細柴，準備試試看能否起火。英英跟英鴻默不作聲，我在柴堆挑選時，他們就從屋內拿出幾張報紙，我摸摸兩人的頭，順便在臉上親一個。

打火機不難操作，報紙立刻燃燒起來，但是柴火並不容易引燃，我們三人被燻得一把鼻涕一把眼淚。

「我來，你們不會啦。」背後傳來阿蘭的聲音，她已經擦乾眼淚，眼眶紅紅的，英英跟英鴻拉著她的手，仰臉關切：「姊姊不高興？」

「沒事，進去，廚房蚊子多，姊姊煮好後，再叫你們吃飯，英鴻去洗澡，英英先去寫功課。」

英英跟英鴻立刻滿臉樂開懷，我也放下心頭大石，帶著兩個轉憂為喜的弟妹走回客廳。

阿蘭今天是跟同學吵架嗎？心裡頭沒答案，由她的動作，我總覺得原因應該不是我想像中的單純，跳到高年級，同學比較容易接收到大人有意無意表露出來的譏訕，是不是在班上有人跟她提到媽媽，讓她傷心落淚？大概是吧。

望著她煮飯炒菜的背影，此時反而是輪到我心中怏怏不樂。

33

開學第二天，校長把我叫到校長室。

「請坐。」她的語調很客氣，語氣中有不尋常的謹慎。

「你知不知道歐陽老師調到別的國小了？」我挺腰坐好，靜候校長吩咐，原以為校長要跟我交代比賽的事，出乎意料，她劈頭就丟出一個讓我手足無措的問題。

「喔，從你的神情看來，我猜你還不知道。」校長好像要趕快將事情交代出去，話說得很快：「歐陽老師過年後就調到很遠的一個學校了。」

「由於很突然，他要我轉告你，沒有跟你說清楚。」此時，校長用詞卻開始字字斟酌，顯然很怕說錯話，我沒有故作鎮定，在震驚無語中，安靜地聽她說著。

「因為有突然的重要事情，他必須離開這學校一段時間，也許……」校長看出我的驚惶，試圖用一個甜甜的微笑讓我寬心：「也許只是一學期，說不定暑假後他又回來了。」

「但是，也有可能一兩年才會回來，」校長停頓了好一陣子才又開口，語氣突然轉趨溫馨親暱，彷彿她正把我當成自己的兒孫在哄抱，但我感覺這些話像是在空氣中凝結成冷硬冰塊，狠狠往我頭上砸下去：「他要我轉告你，不要問他調到哪間小學，因為他真的是有事情，必須離開一陣子，而且不能讓別人知道，你要體諒他，好嗎？」

「你懂校長的話嗎？」我愣在沙發上，雙掌依舊擺在膝蓋上，腰桿卻已無法直挺，校長望著我好一陣子，才緩緩問著。

我點點頭，臉頰扭曲，掙扎著忍住淚水，從頭到尾都沒有出聲，因為我怕一旦出了聲，就會哭出來。

走出校長室，淚水再也無法控制，我不敢放聲大哭，只能沿著走廊垂頭嗚咽，我扭開水龍頭，捧著冰冷的水大力搓洗著臉，試圖讓情緒安定下來。

歐陽老師就這樣離開，連跟我說聲再見都不肯，而且還交代校長不要讓我知道他現在在哪間學校，他到底是在想什麼？

不可能！他不可能是碰上無法解決的事情逼得他不得不離開，在學校，他人氣好得不得了，在村內，哪個家長，哪個學生不把他當成最棒的老師？

我走到大樹下，坐在石頭上，雙掌交纏在腹前，垂首滴淚。林小姐！對了，會不會是因為林小姐的緣故讓老師不得不離開？他們鬧翻了嗎？

降旗後，我搶在第一個騎出校門，腳踏車飛馳在鄉間，一直騎到鄉公所才停在對面走廊，我躲在騎樓的樑柱後，眼盯著鄉公所的門口。

林小姐跟幾位同事從鄉公所走出來，她們互道再見，各自下班去。林小姐臉上掛著幸福愉悅的笑容，完全沒有落寞的徵兆。

抱著無法自圓其說的遺憾，我將腳踏車緩緩騎回家。阿蘭已經燒好開水，正準備煮飯，我發覺她今天的臉色依舊陰沉，我不敢跟她問歐陽老師離校的詳情。

當晚，我把功課寫完，哄三人睡覺後，自己也躺下來，房間外的電視八點檔演著一齣笑鬧劇，我無心出去，從門縫瞄向客廳，阿蘭也不在，只有外公外婆兩人斷斷續續的笑聲。

整晚我都睡得不安穩，好幾次醒來時，總覺得老師不想再跟我在一起了。昏昏沉沉中，我夢見媽媽回到家中，一反上次她走入我夢中時一臉憂戚，眼淚漣漣，這次她帶著愉悅的笑容，摟著阿蘭，兩人站在綠蔭如巨傘的樟樹下，眺望金黃色的原野！

34

歐陽老師一直都沒有跟我聯絡，我有自知之明，他不喜歡我了。

過年後我一直在長高，國中一年級下學期，保健室量了一下，我已經一七四公分了。有一天在學校洗手檯的鏡子一照，鬍子已經在我唇邊蔓延開來。我低頭看看周邊相互打鬧的同學，感覺自己像是個大人。

我明白了，老師覺得我不再是需要他照顧的小孩子了，他有自己的事要忙，他有其他的同學需要照顧，他有林小姐需要他的嘘寒問暖，採取這種方式離開，有可能是要傳達某種訊息：阿寶，你必須自己照顧自己，不要老是黏在老師身邊。

我可以獨立啊，但是，老師您為什麼一定要突然離開呢？為什麼不肯跟我說一聲呢？就連讓我知道您現在在哪家國小都不願意，想到這，我的眼淚幾乎又要掉下來了。

有一天，放學後，我夾雜在腳踏車車陣中騎出校門口，尚未左轉前，一抬頭就看見離校門口一百二十公尺的圍牆邊，停放一輛看來眼熟的休旅車，騎了不到兩秒鐘的時間，一種奇妙的直覺衝上腦門：「歐陽老師！」

我停下車子準備騎回頭，休旅車緩緩駛離，從後車窗可以看見歐陽老師和林小姐背影模糊，林小姐還回頭看了一眼，隔著長距離，我們眼神並無交會，但是我卻能感覺到她目光的焦點投射在我身上，老師載林小姐來學校找校長嗎？他們為什麼沒來看我？

我牽著腳踏車杵在原地，同學的車子一部部掠過身旁，望著老師的車子逐漸消失在視線裡，我才踩著沉重的節奏，垂頭喪氣地騎回家裡。

回到家後，獨坐片刻，強捺著一股慢慢醞釀而成的傷痛，沒告訴任何人這件事，我咬著牙根，決定不再傷心。

35

我還是不敢向外公外婆問及媽媽的學業問題，我確認她也是資優生，但是為何大學四年級會空下來？

我也不敢向其他人求證，誰會理我？媽媽在村內一向風評不好，不用大人告訴我，我自己就心知肚明。

我更不敢去問女校長，這種家務事還問到校長室，我哪有那個膽子？萬一被同學知道，豈不是會被揶揄訕笑？

會不會是當時外公外婆家境遭逢變故，媽媽不得不放棄學業？

36

我已經很久沒有歐陽老師的消息了，雖然他丟下我，但是我還是很懷念他，我屢屢在心中幫自己打氣：加油！我一定要出人頭地，讓自己成為眾所矚目的成功人物，歐陽老師到時一定會在報紙或電視新聞，甚至是雜誌上看見我的專訪節目或專題報導！

我曾多次躲在鄉公所對面的走廊，想要看看林小姐，但是一直不見她的蹤影。

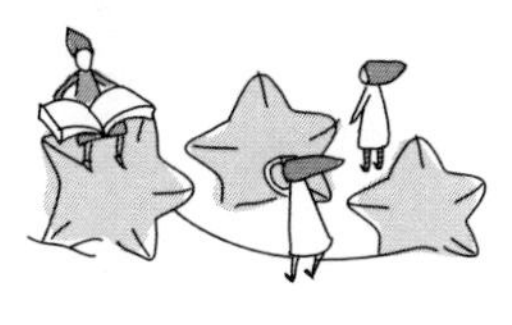

37

暑假在屏東市舉辦的國中網球比賽，當然還是由我代表學校參加。預賽中所向無敵，別說是國中一年級的選手，就連屏東市幾位國三的好手都不是我的對手。最後一天的冠亞軍賽，對手是一位身高將近一八〇公分的國三生。

除了學校的教職員一字排開幫他打氣，他爸媽也是一副盛裝來到現場，加油團的規模跟氣勢，好比他就是溫布頓網球賽的明星選手，連配備都是大行頭，球具還有專人看管。

現場沒有人看好我的出賽，除了校長和一位學校職員幫我打理賽事雜務，休息區就是拿著一支寒傖球拍的我。

「阿寶，加油！」我從對手加油團震耳的大吼聲中，艱困地分辨出校長與那位學校職員孤零零的加油聲，面向對手即將站上發球位置，我伸出大拇指，手臂用力一震，跟兩人說：謝謝！沒問題！

「阿寶，加油！」在強力抽回對方發球的一剎那，耳際卻突然響起另一道似曾相識的女性加油聲，我的腦門閃過一道疾光：「林小姐！」

「小子！漂亮！」另一波如怒濤澎湃的男性吼聲，緊接著從校長那邊的方向傳過來，我凌空躍起，伴隨殺球的勁道狂吼而出：「歐陽老師！」

歐陽老師突然出現在球場幫我加油！耶！這不是夢吧？

我的力氣頓時增長百倍，球速剛猛如郭泓志，球路刁鑽如王建民，對手氣喘吁吁，眼中寫滿不敢置信的驚慌神色。

校長身旁突然出現歐陽老師跟林小姐，老師雙掌在嘴前圈出傳聲筒狀：「我們來看你打了好幾場球了，漂亮！名師出高徒，小子，算是沒有白教你了！」

「阿寶，加油！」校長跟林小姐不斷鼓掌，雖是振奮異常，但是喊聲依舊含蓄。

「漂亮！喔依～喔依～喔依～漂亮！喔～喔～喔～」，歐陽老師就不一樣了，他像出征的印地安人，在場邊大呼大吼，我渾身細胞振奮而起，用不完的力氣泉湧而出，對手成了任我宰割的可憐蟲，只能跌跌撞撞地追著球跑。

「校長，能不能麻煩您叫令公子安靜一點？」裁判誤把歐陽老師當作女校長的兒子，威嚴如金剛佛像的他，跟校長說起話來還不忘陪著笑臉：「對不起啦，他這樣子

吼叫會影響到選手。」

「嘿，嘿，對不起！」不能亂吼鬼叫，歐陽老師立刻換上另一套加油方式：「老闆！牛肉麵大碗的！牛雜湯也是大碗的！再來大碗的白飯！」

林小姐笑得花枝亂顫，女校長跟裁判一頭霧水，對手加油團在那一邊乾瞪眼，傻呼呼地看著歐陽老師無厘頭式的表演。

奔馳如疾風，出手如閃電，雙目如鷹鷲，吼聲如虎豹，球局隨我擺布，對手的加油團只能唉聲歎氣，這位明星球員此時已成跛腳病貓，任由我踩在腳下。

冠軍杯到手，校長高興得好像剛剛她就是親自上場的選手，笑得合不攏嘴，當場答應：大功一支！

我拿著球拍走向他們，一身大汗向他們鞠躬，嘴裡卻說不出一句話。

「哈哈，現在可以叫她師母了。」老師拍拍我濕淋淋的肩膀，指著林小姐對我說。

「真的嗎？」剛剛還哽在咽喉，一時難以說出話來的我，突然暢懷大叫：「恭喜老師！恭喜師母！」

那位一臉喜孜孜的學校職員有事先行離去，臨走前還特地拍拍我的肩膀：「回村子裡，我先跟你的阿公阿嬤報喜，嘿嘿，小子，真有你的，再見啦！」

我朝他彎腰深深一鞠躬，他笑得一臉喜樂如彌勒佛，朝著我們猛揮手，說再見。

「阿寶先到你們家沖個澡，我們再去慶祝一下，今天我請客。」我們坐上校長的座車，四人來到歐陽老師的家。

哇，一個溫馨的窩，面積雖然不大，大小布置，盡是巧思。

師母拿出一套換洗衣物，先讓我淋浴後穿上，再用洗衣機幫我洗好那一套濕汗淋淋的網球服。陽台上師母在操作洗衣機，呼呼輕響的聲音讓我備感溫馨，我一度還有個錯覺，以為自己就是這個家庭的一份子。

四人來到市中心的一家日本料理店，哇，真棒！料理店的外觀簡直是一座日本城堡，我的整顆心因驚喜而悸動著，這一定要花不少錢，怎麼好意思讓校長破費呢？

校長本來已經走到門口，看我舉頭端詳宏偉的建築而杵在餐廳前發呆，她走回來拉著我的胳膊：「走，今天讓你打打牙祭，開開眼界。」

「伊拉西ㄚ伊媽鮮～」，帶著白帽的服務生齊聲大喊，餐廳播放著日本歌，不是英英唱的櫻桃小丸子或是蠟筆小新，而是我從未聽過的日本流行歌曲，歌曲慢條斯里，唱腔曲曲轉轉。

校長可能是常客，我們被帶進有著紙拉門的包廂，柔和的燈光在包廂內宛若月色流轉，我又站在包廂門口發呆了。

「來，坐下來。」師母示意我脫下鞋子，坐在榻榻米上，方形長桌擺在一個往下凹的空間，我們坐在桌旁，雙腳正好就擺在這個下凹的地板上。

「阿寶沒吃過日本料理。」女校長遞出一張色彩繽紛的菜單：「歐陽，你帶過他吃過幾次飯，你幫他點。」

「老闆，來兩碗白飯，大碗的！還要兩碗牛雜湯，也是大碗的！」老師拉開紙門，朝著外面大喊，把校長跟師母逗得哈哈大笑。

「您好，要開始點菜了嗎？」堆滿笑容的女服務生快步走到我們的包廂。

「沒有啦，開玩笑的，選好再叫妳。」老師哈哈大笑，連額頭上那一綹有著漂亮幅度的捲髮都為之顫動。

開玩笑的？這裡沒有賣溫潤順口的牛雜湯？沒有好吃的沙茶牛肉嗎？好懷念上次比賽之後，跟老師在鄉下牛肉店慶功，兩人大吃一頓的那一天。

一道道可口的精緻菜餚陸續送上來，我吃得幾乎忘記禮貌。

「老師事前就研究過選手名單，我知道初賽那些學生都不是你的對手。」老師喝酒的頻率多過於夾菜的動作：「校長一直都有跟我聯絡，我全程都在球場看你比賽，只是沒讓你知道我的行蹤。」

「本來今天一早，老師就要在球場跟你見面了。」師母說：「但是我提議，等比賽一開始再突然冒出來，讓你來個大驚喜，透過這種激發方式，你才有機會擊潰對手。」

校長拿著筷子，她只吃了一點點，望著像豬一樣吃個不停的我：「我們也認為如果不安排一點驚奇，按照實力預測，你很難戰勝對手，從國一到現在，他一直是最強的選手，好幾間明星高中早就搶著要人。」

一道道料理陸續上桌，每一次上菜都讓我驚喜萬分，我的食慾大開，老師卻不再像我們在牛肉店吃到讓旁人瞠目結舌的狠勁，反而斯文地幫師母夾著菜，自己也是小口小口地吃著。

「你一定怪老師離開學校沒跟你說一聲，是不是？」老師喝了一口清酒：「其實我一直透過校長在了解你的狀況。」

「那天，您跟師母開車到國中找校長，放學時我有看到您的車子。」想起老師沒跟我說一聲就離開，而且來到國中也沒到教室看看我，我眼鼻一陣酸熱，聲音逐漸闇

沉：「我本來想追上去……」

「那天，老師是特地過去看你。」師母見我神色黯然，眼看就難以再啟唇，立即接口：「他邀我在放學時刻在圍牆邊看看你有沒有繼續長高，還有，你的腳踏車還能不能騎。」

「如果只是來找校長，老師的車子當然會停放在學校裡的來賓車位，怎麼會停到圍牆邊？」校長接著說下去。

「不准掉眼淚！小子！」老師突然朝著我厲聲喝斥。

「妹妹現在還好吧？」斥責之後，老師立刻換上一臉慈顏。我知道他問的是阿蘭不是英英，因為阿蘭也曾當過他一學期的學生。

「嗯，嗯，很好！很好！」我一股腦地把家裡的近況快速交代出來：「她也要升上國中了，最近溪水裡的吳郭魚跟鯽魚又肥了，她正在籌劃更大的生意。子陽、英英、英鴻也都很好，謝謝老師。」

我暫時放下筷子，說得眉飛色舞，校長也放下筷子，拿起漂亮的陶器杯子，喝了一小口茶：「阿寶，校長告訴你，妹妹升上國中後，校長就必須離開那邊了。」

我一時無法承受這種轉折，抓著筷子待在桌旁，三位長輩卻突然在此時默不作聲，我的聲音很艱困地在這片靜默中開出一條路：「校長也跟老師一樣，要離開我們了？」

「校長要升官了，她這學年要到教育局當督學了。」師母看來也沾了喜氣，話語中流露著邀約眾人共享喜悅的熱摯：「放心，不會離開你們，她還是會常常回來。」

「恭喜校長！但是，什麼是督學？」我只知道學校裡就是校長最大，校長升官？當督察？我日趨成熟茁壯，懂得先恭喜再拋出疑惑。

「就是督導學校的工作，嗯，專門揭發教育界一些不法或不公不義的行為，就算是陳年舊事，只要是有證據，照樣可以移送法辦。」女校長先簡要說了幾句：「以後你們村內那家國小校長也必須接受我的督導。」

此時，老師跟師母臉上掠過一抹神祕色澤，兩人同時放下筷子，直盯著我，沉默所傳達的暗示是如此令人困惑，我忘了咀嚼滿嘴的美食，腮幫子鼓漲得好像嘴巴裡塞了兩顆網球。

「換句話說，阿寶，校長以後可能會直接管到你家的事情。」校長突然放慢說話的速度，慢到字字之間彷彿擺著凝結的冰塊，她還刻意撐大眼睛，朝我拋出一個神祕微笑。

子陽、英英、英鴻都還在國小，女校長大概會要求那個鮪魚肚校長對他們三人特別照顧，有用嗎？兩人年齡相當，男校長平時就是一副跋扈的跩樣，女校長奈何得了他嗎？

但是女校長又不可能是在跟我說客套話，我心中又多了一層疑惑，夾起一尾大炸蝦，用來塞滿我可能會因為詫異而張得大開的嘴巴。

38

暑假過後，英鴻也上了國小一年級，英英升上二年級，子陽照樣在三年級混，老師根本就沒想過要讓他直接升上十一歲該就讀的五年級，外公外婆也是這麼說：唉，三年級的功課都有問題了，讓他讀五年級，那豈不是每次考試都要拿下大滿貫？

子陽有時會跟我提到校長對他們三人的不友善態度，其實早在我剛上國小一年級時，就感受到校長那兩道冷冷的眼神，我們這一家被他瞧不起，我體會很深，但我不在意。警員說我們是五顆星，是村內最明亮的五顆星，這就夠了，我們不是孤單的五人，疼惜我們的人很多，努力上進，就不怕別人瞧不起，這就對了，是不是？

我勸子陽忍耐，不要把校長的態度放在心裡，也不要想拿武器報復喔，子陽點點頭，答應我不幹傻事。我摸摸他那短如嫩草的頭髮，扒開他的嘴巴，算算門牙長了幾顆。

「哥哥，您有沒有五十塊錢？」他一手搓著眼睛，一手伸在胸前，低著頭跟我要

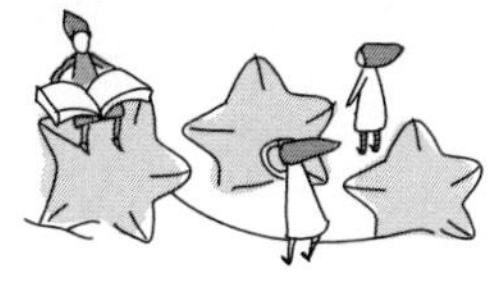

一個硬幣。

「你要幹什麼？」升上國中後，外婆已經會將整筆零用錢交給我或阿蘭，三個弟妹的零用錢就輪到我跟阿蘭在分配了，我從牆上的長褲口袋中摸出硬幣交給他，順便好奇地問一問，因為他一向只跟我要十塊或二十塊買些零嘴。

「我要買飛機！」接過硬幣後，他興高采烈地往村內衝。

喔，原來他也想要有一台木板做成的小飛機。最近村內小孩子流行在國小操場或是廟前玩這種宛如大蜻蜓的玩具。食指攪動螺旋槳，讓橡皮筋繃緊，再將小飛機擲向空中，我曾在廟前看過他們玩得好高興，歡笑聲在村內飛揚，數架飛機漂浮在傍晚的微風中，好像是一群自由翱翔，舒閒飄逸在山腰上的白色鳥群。

39

雨後的田野到處可見慢慢爬行的蝸牛，我拿出兩個水桶，牽出腳踏車，英英坐在前，英鴻坐在後，兩個水桶掛在把手，從屋後的菜園穿過小徑進入草原，兩隻狗狗可能知道我們要到那片遼闊綠地，興奮地在腳踏車前迴旋跳躍。

我喜歡帶他們走到有小溪流過邊緣的空地，溪水半隱匿在草叢裡，大小石塊長滿青苔，水邊幾棵蓊鬱的樹木在藍天白雲的襯托之下，身影宛如生氣蓬勃的立體剪紙，盎然的綠色國度，空氣像一泓深沉而平靜的甘泉，泛漫在這涼爽怡人的平疇曠野。

想在草地上活動，狗狗是最有效率的探測專家，也是最可靠的搜尋先鋒，牠們可以幫人類發現藏在草叢中的危險昆蟲，連可怕的毒蛇也害怕牠們的吠聲，趕緊開溜。有了這些狗狗，我們就可以更安心地在草叢中尋找蝸牛了。

狗狗不但開路，還會幫我們找蝸牛，英英跟英鴻各提一個桶子，在狗狗興奮叫聲的引導之下，一下子就撿到數十隻大小蝸牛，我把占據桶中絕大部分空間的幼蝸牛放回草

叢，兩人有些不甘願，嘴裡嗯嗯叫著，「很可愛啦，小蝸牛。」，等我將手中的特大號蝸牛放進他們的桶子裡，兩人高興地咧嘴而笑，兩隻狗狗也在一旁猛搖著尾巴。

這些蝸牛不是給狗狗吃的，外婆用石頭敲破外殼，再用燒柴剩下的冷灰燼反覆搓揉，將蝸牛肉清洗乾淨，跑一趟原野，我們可以連吃兩餐，午餐一大盤，晚餐再來一大盤。阿蘭用醬油、糖、醋調味，薑片、蒜頭先上場，再放進大量的九層塔葉子，哇，一端上桌，我們幾個就開始埋頭苦幹，那盤底的湯汁拌在白飯裡，哇，人間美味！

吃不完的蝸牛就是番鴨的飼料，外婆最近買來幾隻台灣番鴨的小鴨仔，用一些木板在菜園旁的空地圍起一個簡易鴨寮，「冬天時，我們可以自己吃，阿蘭跟你都在轉大人了，阿嬤到時來漢藥店抓幾帖補藥，殺幾隻番鴨，給你們兄妹進補。」

「吃不完的還可以載到市場賣，不怕沒人買。」阿蘭天天數著番鴨，一臉喜色：「子陽，你要交代狗狗不可以咬鴨子喔。」

我想起阿蘭以前辛辛苦苦煮紅茶、滷鯽魚，好不容易才賺了一點小錢，想到過年前她可以輕鬆擺攤，賣整隻的大鴨子，心中就替她高興。

兩個滿載的桶子綁在後座，英英坐在前面橫桿，我把英鴻擺在坐墊上，牽著腳踏車慢慢走回家，兩隻狗狗沿途嗅嗅聞聞，到處抬腳小便。

還未到菜園我就瞄到女校長的轎車停放在我家左側的空地上，「她來找我嗎？是不是要跟我說再見？」，我還在暗地高興時，校長就已經拉開車門，坐進駕駛座，轉眼就開走了，「bye-bye」，外婆一直輕輕揮著手，跟校長道別。

「校長剛走，她說要調到縣政府教育局了，呵呵，升官了。」外婆眼眶紅紅的，聲音中有著剛哭過的黯沉鼻音，我把英英和英鴻帶進房間內，抽出兩本童話故事要他們乖乖待在房間內，再抽出兩塊木板蓋在桶上，以免蝸牛爬走。

沒錯，外婆剛剛在女校長面前哭過，她應該不是捨不得校長離開吧？一定是來談我的事，外婆可能是感激而感動，是不是這麼一回事？我心中那一層不安的陰影又暈染開來，會不會是她傳達媽媽的訊息給外婆？讓外婆一時難以自持，傷心落淚？

不對，雖然哭過，但是外婆語氣中有著幾分欣慰，嘴角也浮上一絲難以察覺的笑意，那不是微笑，而是接受到不尋常訊息，衝擊平復，緊接著出現的一股喜悅感。

田野盡頭，一部休旅車奔馳在屏東沿山公路上，銀白色車身遠看像是一台亮麗光鮮的大玩具，如幻似真，緩緩滑過路邊一長排台糖沿路種植的台灣欒樹。

距離雖遠，但是直覺告訴我：那是歐陽老師的車子！女校長跟他正在我家附近走動，他們在幹什麼？

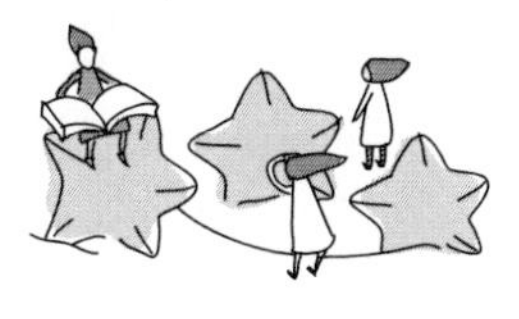

40

子陽的飛機總是比別的小孩的飛機飛得久，飛得高，因為外公幫他改裝過，細軟的橡皮筋換成輪胎剪成的橡膠條，動力一下子就提昇了好幾倍！

子陽也在機翼上下功夫，他從溪底撿來幾片小巧的漂流木，外公根據他的指示，將木片削成有角度的機翼，本來薄如紙板的翅膀變成雄糾糾的硬木羽翼，這下子，這架五十元買來的飛機，身價立刻提升數倍！更酷的是，英鴻還拿出彩色筆幫它彩繪，哇，這台迷彩妝的飛機頓時成了眾人欣羨的焦點話題。

哇，真酷！不要說是村內的小孩羨慕，就連那些高中生也好奇地兜過來看子陽表演，「子陽，借我玩一下好嗎？」，「子陽，五條橡皮筋換一次，可不可以？」，「子陽，前天你吃了我的兩塊鹹酥雞，借我玩一下，算是抵帳，好不好？」

子陽一向大方，不要求回報，說借就借，還當起指揮官跟教練，「下一個輪到你，別搶，他先來的。」，「這樣子拿，這樣子推出去，這樣才飛得高。」，雖然是看別人玩，他卻是比玩的人還要高興。

一天傍晚，還沒見人影，英英和英鴻的哭聲就從遠處傳入屋內，我衝出大門，只見子陽揉著眼睛，低聲啜泣走向家裡，英英和英鴻跟在他後頭不斷哭著，子陽手中抓著那架飛機，只是飛機已經破碎，機翼崩裂，機身凹塌，黑色的橡膠條在他手中晃盪著。

「怎麼搞的？」我倒不是心疼那架飛機，畢竟他們已經玩了好一段時間了，倒是此時他們三人的狼狽模樣讓我心酸心疼。

子陽默不作聲，低頭走進屋內。

「校長啦！校長啦！」英英和英鴻哭得上氣接不著下氣，兩人跑到我面前，不約而同地用一隻腳猛踩著地上，還一面大哭：「哇！哇！哇！」

「校長怎樣？」陣陣憤怒湧現，雖然還不知道校長幹了什麼事，但是，八九不離十，一定是他讓三人哭著回來，而且飛機說不定就是校長打壞的。

「校長把飛機踩扁啦！」英英總算在哭聲中喘出一口氣來。

「撞到他，他就這樣子！這樣子！」兩人又同時舉腳往地上踩了一下，「哇！哇！哇！」說完後，兩人哭得更大聲了。

「欺負人！」怒火在我心中有如怒濤翻攪：「你們通通進去，姊姊在溪底，馬上回來，通通不准出去，有沒有聽到？」

我從柴堆中選了一支較硬的長木條，跳上腳踏車往學校快速衝過去。

「騎慢一點，你要去哪裡？」外公的鐵牛車正往回家途中，外婆坐在右側，見我往學校衝，兩人在車上一起喊。

「沒有啦。」我草草回應一聲，低伏著上半身，直衝學校。

腳踏車停妥，將木條藏在背後，我在走廊上柱子間閃閃躲躲，找尋校長的蹤跡，走廊上一片寂靜，只聽得到樹上傳來的鳥叫蟲鳴。校長室的毛玻璃看不透，我不敢貿然將緊閉的門推開，此時，教職員廁所的洗手檯傳出嘩嘩水聲，我立刻藏身柱子後面，走廊那頭，果然是校長從廁所走出來，他拿出手帕擦著手，一臉傲慢，我幾乎可以聞到他內心底層的齷齪。

他沒發現我，待他走過柱子時，我拿出木條，從背後攻擊，往他的小腿狠狠地連抽好幾下，他慘叫數聲，圓滾的身軀跌坐地上。

報復已成，我趕緊快跑離去，我也知道他已經看見是誰下的毒手，但是我根本不怕他報復，我已經是國中生了，子陽三人雖然還在國小，但是他又敢怎樣？

他可能是跌得不輕，而且我那孔武有力的攻擊也讓他吃足苦頭，我拔足狂奔，跑向腳踏車時，還能聽到他躺在地上的哀嚎聲，衝出校門口時，見外婆氣急敗壞，一臉驚惶地騎著機車過來。

「阿寶，你想幹什麼？聽阿嬤的話！阿寶！不可以！」外婆在機車上厲聲嘶喊。我埋著頭一直往家裡騎，外婆騎進校門，她想幹什麼？我心中有譜，她是想去跟校長道歉，是不是？我衝到學校，子陽應該已經把原因告訴外公外婆。

還未騎到家，就看見外公鐵青著臉站在路旁。

「阿公，沒事，您放心。」

「棍子給我。」外公伸出手來接過我還抓在手中的木條：「進來。」將腳踏車停妥在屋前，我毫無懼色地跟著外公走進屋內，阿蘭已經回來了，她一臉驚恐地摟著三位也是滿臉驚懼的弟妹，四個人擠在我的房間門口，我知道事情不妙了。

「跪下！」我還未搞清楚外公的意思，木條就像驟雨一般落在我臀部上，疼痛傳遍全身，「還不跪下？」，外公並未住手，木條劈啪作響，我忍住眼淚，趕緊跪在地上，以免外公的暴怒一發不可收拾。

「你這個不懂事的孩子，他豈是你可以動手的大人？」外公停了一下，嘴角抽動著，雙手不停發抖。

阿蘭先哭出來，接著其他三人放聲大哭，我回頭朝他們擠出微笑，四個人只剩阿蘭還在抽泣，其他三個雖然被我刻意假扮的嬉笑暫時安撫住，但是臉上還是掛滿驚悸。

「你到學校幹了什麼傻事？」外公還在生氣，說起話來不斷發抖。

「我打了他的腿幾下，他跌倒在地，我立刻跑開，這時阿嬤～」我不理會疼痛，簡扼快速交代，但如歷如繪地告訴外公整個過程，希望能讓他安心，澆熄他的怒火。

「你……你，你這個……」這次木條直接落在我的背部，我還是忍著疼痛不敢哭出聲來，四個在我背後的弟妹卻一起放聲大哭。

「好了啦！好了啦！打他幹什麼？」外婆的機車還未停妥，就在屋前空地凄聲吶喊，「沒事啦，他只是摔了一下，沒有受傷啦。」

外婆衝進屋內，看到跪在地上的我和手抓著已經裂成碎片木條的外公，她立即搶下外公手中剩下的木片，旋即放聲大哭：「打阿寶幹什麼？他不知道啊，他真的是什麼都不知道啊，嗚～嗚～嗚～」

阿蘭四個人又開始大哭，外公不發一語走出屋內，往空地上的老樹走過去，慢慢卸下鐵牛車上的棉被和繩子，一隻狗夾著尾巴跟在他身旁，他摸摸狗兒的頭，狗狗開始搖起尾巴來，我知道風暴已過，但是外公沒叫我起來，我依舊跪在原地。

「你這個孩子，那個人豈是你可以頂撞的？你啊，還拿棍子去打他？」外婆哭聲稍止，阿蘭他們四個人也不再大哭，外婆滿臉淚痕，從喉嚨擠出的嘶沙聲音讓我萬分不捨：「待會去跟阿公道歉，聽到沒有？」

我點點頭，眼淚再也忍不住，不是怕疼，不是氣阿公罰我跪在家裡，我是不捨外公，不捨外婆，從未看過他們如此傷心啊，怎麼回事呢？我心驚惶，卻無從問起，無從安撫他們。

「阿嬤，剛剛您到校長室那邊，他有沒有對您怎樣？有沒有罵您？有沒有打您？」雖然跪在地上，雖然淚水不斷，我依舊昂仰著頭，擔心外婆被校長欺負。

「他不敢對我怎樣，見我跑過來，就趕快起身走進校長室，趕緊將門關上。」外婆簡短幾句話就讓我更安心了：「不要怕，他沒那個膽子惹我，試試看，我就一棍子打死他，哼！垃圾！」

「待會去跟阿公道歉，好不好？」外婆已經不再流淚，但是一直重重地呼吸，好

像花很多力氣說這些話。

一心想讓外婆能寬心，我猛點著頭，點頭後卻發現子陽已經跪在我右後側，他也一直點著頭，手中拿著兩張衛生紙。我擺擺手示意他回房間去，他不但沒起身退後，反而挪移著兩個膝蓋，在地上蹙蹙前移，靠近我身旁將衛生紙交給我，我先用一張擦擦他的大花臉，再用剩下的一張擦擦我的眼角，子陽伸出左手輕撫著我挨打的背部，右手攙著我的手臂，還是跟我跪在一起。

雷聲轟轟，午後西北雨嘩嘩作響，外公已經走進屋內，那隻狗狗也一道過來跟我們跪在一起。屋外一位阿婆撐著雨傘來到我家屋前的空地，我在漫天雨花中認出是那位經常來找外婆，在廟口幫阿蘭宣傳滷鯽魚的那位好心阿婆。

「起來，通通起來。」阿婆一臉鐵青，朝著外公厲聲斥責：「罵一罵就好，幹嘛還要罰跪？你發什麼神經啊？還打他？管一下就好，阿寶只是小孩子，他知道什麼？起來，去洗洗臉！」

我們望向外公，他坐在椅子上低垂著頭，一手擱在桌子上，臉龐扭曲，痛苦滿溢，雙目緊閉，有氣無力地跟我們說：跟阿婆說謝謝。

「謝謝阿婆。」我跟子陽一起說，狗兒嗯嗯兩聲，也跟著我們站起來。

屋外雨勢突然轉趨狂暴，外婆的身影在漫天飛舞的水氣中已成模糊暗影，但是我依舊可感受到阿婆陪她在屋簷下窸窣低語時，她那難以平靜的傷痛魂魄。

阿嬤，您為何會哭得如此悲痛？

媽媽，您什麼時候才能回家跟我們住在一起？我的眼淚又如同窗戶玻璃上的滾滾水珠，一道道順著臉頰滑落。

41

「哥哥，大消息！天大的消息！今天所長到學校找校長喔。」回到家，書包還未從腳踏車後座拿下來，子陽就靈活從樹上溜下來，急著跟我說。

「他們在校長辦公室說話，雖然不知道他們在說什麼，但是看校長送大警探走出校長室的時候，臉色像大便一樣，好臭！好臭！」見我有興趣聽下去，子陽更是得意，他皺著眉頭，故意作嘔吐狀，一手還在鼻前揮動著，好像是要趕走那臭氣。

「所長還輕聲跟校長說一些很奇怪的話，我的耳朵很靈，但是聽到的都是甚麼低菸耶，滴燕耶，低雁夜，大警探還說，現在技術已經很先進，一驗就知，想賴也賴不掉。」子陽一臉迷惘，表情卻相當滑稽。

子陽還沒上國中，當然不知道那是英文字母，但是我立即聽懂，所長跟鮪魚肚校長談的深奧字眼就是DNA，所長跟校長提DNA幹甚麼？難道派出所在辦案，需要校長提供協助嗎？

「還有，所長沒有穿制服，一條好漂亮的牛仔褲，帥啊！帥啊！也沒有開警車，他騎摩托車來找校長。」子陽學起大人停放好摩托車，拔起鑰匙的樣子，還拉拉袖口，嗯，看來所長今天是穿牛仔褲與長袖T-Shirt來到學校。

應該沒有什麼意義吧？可能是所長今天休假，一樣都是村裡的大人物，來學校找校長敘一敘，這個鮪魚肚校長人緣一向不佳，說不定在聊天時，所長得罪他，這也說不定？

「我躲在校長室前樓梯轉角處的後面，原以為所長看不到我。」子陽口沫橫飛，肢體語言也是一發不可收拾：「哇，大警探就是大警探，不知道他是如何察覺出我躲在那裡，真是厲害耶，走到中庭，他一轉身，一腳就踏進我埋伏的作戰範圍，哈哈，所長還學西部牛仔那一招，雙手從腰部假裝拔出兩把槍，所長還喊了兩聲，砰！砰！當場就讓我舉雙手投降，哇，真酷！真酷！」

看著子陽雙手高舉，還張大著嘴巴，靜候對手發落的滑稽模樣，這下子，輪到我變成著迷的聽眾了。

「哥哥，您知道所長怎麼跟我說的嗎？」子陽這時已經一臉陶醉，他雙手插腰，學起大人講話時粗嘎的低沉聲調：「子陽大俠，長大後，想不想加入我們的行列

啊？」

「哥哥，我以後可不可以當警察？」學完所長的動作與講話腔調，他立即回魂，黏著我，臉上寫滿期待我趕快點頭的渴切表情。

「當然可以，哥哥贊成！」我嗅到機會，趕緊趁機教育：「但是，你知不知道想當警察也要考試喔？而且成績也不能輸人喔。」

「真的嗎？嗚，我還以為跑得快，彈弓打得又快又準就可以了。」子陽頓時像是洩了氣的皮球，剛剛眉飛色舞的神態立即遁匿無蹤。

「好好讀書，你現在還小，考警察應該也要十八歲才行吧，你還有很長的時間可以讀書，來得及啦。」看著子陽轉憂為喜，還活力四射地一直點頭，我真想當面跟所長好好說聲謝謝。

所長為何去找校長？而且聽子陽的描述，校長好像很不高興，我左思右想，腦袋裡一下子蹦出好多問題，女校長來找外婆那一天，歐陽老師那部銀白休旅車出現在我家附近的沿山公路，今天所長跟校長不愉快的見面，我似乎能嗅出一些詭異氛圍，事情好像不尋常，卻始終無法理出蹊蹺。

算了，又不關我們家的事，今天所長能讓子陽對功課有興趣，我就已經很高興了，管它的！

從那一天起，子陽窩在電視前的時間減少了，不用外公外婆趕，看完卡通後就自動拿出書本、簿子走進房間，有時還會待在阿蘭的房間請她教功課，甚至讀累了，就直接睡在阿蘭的房間。

至於帶著狗狗到野外巡狩的行程呢？那當然不可缺，所以村人還是會經常見他帶著狗狗，他雙腳微蹲，緊握雙拳，朝著田野狂吼：「我是大俠！我長大後要當警察！」

42

國小校長退休了，聽麵攤裡大人說是提前優退。

什麼是「提前優退」？不用大人跟我解釋，我也知道他是拿了一大筆錢，然後提早退休，回家逍遙。

有人說他領了好幾百萬，反正人緣一向不佳，所以不光采的耳語在村內流傳了好幾天。

「被逼走的！聽說他有一條十幾年前沒道德、沒天良的祕密被人揭穿了，對方在教育局的官位比他更大，可以辦他，讓他走投無路。」

「聽說自己不走的話，那位教育局的大官，好像說是督學，會把他搞到連退休金都沒有，甚至還會吃上官司？」

「領好幾百萬，哈，退休那天，臉色卻臭得像大便一樣，好像被人半路攔下，硬生生逼他留下一大筆退休金才肯讓他離開，就連幾位教職員要跟他餞別，都不領情，一走了之。」

我們五人本來打算湊錢買一大罐胖胖瓶的可樂來舉杯慶祝，外公外婆卻是臉色一沉，不准我們在這議題瞎起鬨，還嚴厲交代我們不可以在同學面前拿這件事開玩笑。

阿寶，你來。外公牽起我的手，將我帶到大樹下，雙手搭在我肩上：聽阿公的話，絕對不要在別人面前嘲笑這位校長，別人愛怎麼說，你千萬不要湊上一腳，就任由他們說，直接掉頭就走，懂嗎？

我猛點頭：阿公，我知道，您放心啦！

斜照的日光摻揉在徐徐微風中，把我腳下的土地染成一片燃燒般的金黃色，外公呵呵笑著，指示我回屋子裡陪大家，他老人家則自己一個人緩緩走向村子裡。

43

「阿寶，今天我跟阿嬤出去辦點事情。」

星期日一早，兩位老人家又要出門了，外公外婆吃完早餐後就準備出發，一部村人開的計程車停在我家門口，司機很老，看來跟外公外婆很熟。

「阿寶，阿嬤告訴你一個好消息，媽媽快回家了，不用等多久，這幾天可能就有好消息了，呵呵。」

「阿嬤，媽媽回家後，還會不會再離開我們？」我趕緊問媽媽會不會又到都市裡討生活？

「阿寶，阿公告訴你一個好消息，媽媽回家後就不再出去了，她決定要在家門前的空地做個小生意，呵呵，是有固定店面的生意喔，不是阿蘭賣紅茶，賣滷鯽魚的小攤位喔，呵呵。」

「阿寶，阿嬤再告訴你一個好消息，現在我們住的這塊地已經被阿公買下來了，阿公正計畫要在這裡蓋一間房子，哈哈，我們馬上就可以住在漂亮的房子了。」

耶！真的嗎？我們怎麼突然會有那麼多錢可以買下這一塊土地？雖然我不知道這塊地值多少錢，但是買下土地後，阿公還打算蓋屋子，哪來的錢啊？

兩位老人家一直就是打零工，連收入都不固定，他們一直擔心無法讓我們吃得飽飽，無法讓我們完成學業。

哪像剛退休的校長能領一大筆錢？聽說是好幾百萬，嚇死人了，他的孩子一定不愁吃穿，說不定還能住在豪宅呢。

哈，有錢是他家的事，不稀罕，我才不願當他家的孩子呢，哼！

「阿寶，阿公也要再告訴你一個好消息，媽媽到日本學料理，現在已經煮得一手一級棒的日本料理，那天我們去看她學得怎麼樣，她師傅一直誇獎，說媽媽絕對是難得一見的天才，將來一定是料理界最閃亮的一顆大星星喔。」

嘿嘿，說溜嘴了吧？您們什麼時候去過日本啊？每次星期天出門，還不都是當天來回，他們不告訴我們是去探望媽媽，我跟阿蘭也知道，問太多的話怕弟妹會想跟著去，所以一向很配合，很懂事，從不追問。

「阿寶，阿嬤再告訴你一個好消息，媽媽就要回來了，她打算在我們的家開便當

快餐店，日式風味的小餐館。」

「阿寶，阿公還要再告訴你一個好消息，媽媽說村內、村外很多農民和工人需要便當，沿山公路有很多是沿途瀏覽風光的遊客，還經常有阿蘭最愛看的重機車成群結隊經過，他們也會停下來吃飯，只要嚐過媽媽的料理，一定會再度光臨。」

「阿公bye-bye！阿嬤bye-bye！」我們五顆星一字排開，朝著車內兩位老人家揮手。

午飯後，阿蘭牽出腳踏車，後座綁著畚箕跟水桶，往屋後菜園方向騎出去，欣喜之情溢於言表。

午飯後的微風在屋前屋後的枝梢上輕吟，屋內盡是酥人和風，英英跟英鴻早就睡得呼呼大響，子陽的眼皮力圖抗拒，最後還是不敵風兒跟鳥兒合奏的催眠曲，三個人躺在總鋪上，頭挨著頭，一道用滿足的鼾聲加入四周的大自然鳴奏。

而我也在他們三人步入夢鄉後，開始躺在客廳的大椅子上神遊。

夢中，我看見媽媽綁著頭巾，在廚房裡整理食材，阿蘭運刀如飛，勤快地幫媽媽切菜。

夢中，我看見英英戴著日本料理店服務生的白色帽子，在用餐區的大門朝著蜂擁而來的客人大喊：「伊拉西ㄚ伊媽鮮～」

夢中，英鴻在房間內忙著畫海報和招牌。

夢中，我看見子陽戴著一頂警察的帽子，飛快踩著腳踏車，車旁跟著一群興奮飛奔的狗狗，車前籃子放著幾個熱騰騰的日式便當，來到農地，騎到工地，他雙手遞上，收過錢後，拿下帽子擺在褲縫旁，彎腰九十度，一鞠躬：「謝謝阿伯！謝謝阿姆！」

夢中，枝梢的微風將我的呢喃吹拂到小溪旁、田疇間，我看見媽媽帶著阿蘭，兩人彎腰在曠野中採擷野菜，溪裡的魚蝦在她們的腳下流連。

44

外公外婆這幾天心情好得很，鐵牛車忙進忙出，從潮州鎮裡載回來一車車的木材。

這些木材一看就知道不是他們撿回來的，新的木板散發出家庭的溫暖氣息，一包包冰涼白膠，一盒盒長短不一的鐵釘與鋼釘，一捲捲木質紋理的塑膠薄片，還有大小桶的油漆，新建材陸續搬進客廳裡，連阿蘭的房間也放了幾捲漂亮的花紋壁紙。

那位經常來找外婆的阿婆也喜孜孜地來幫忙，哇，真酷！看她個子跟外婆一樣，想不到卻力大如牛，竟然能輕鬆扛起一大塊長長的木板。望著她扛著比她個頭還要大的木板走進客廳中，阿蘭噗哧一笑，在我耳邊小聲說：那次在廟前賣滷鯽魚時，被她拿雞毛撢子打屁屁的那位阿伯，不知道當時他的屁屁有沒有腫起來？

阿公開始在大樹下蓋房子了！

紅磚來了，外公外婆自己砌磚，我們幫忙搬磚頭，我跟子陽一次都是搬一畚箕，英英跟英鴻一次抬一塊，阿蘭則忙著清理阿公忙過之後的工地。

阿嬤把客廳裡的收音機掛在樹下，恐怖的歌聲立即迴盪在空地！

「不知看過有外多擺，月圓變月眉～」

唉啊，原來是賣藥電台接受聽眾點播，不知來自何方的一位婦人和一位老先生就在收音機裡用五音不全的歌聲輪流唱著。

「每日流著相思的眼屎～」

哇，外公外婆一面忙著砌磚，還不忘放聲加入，上次村裡的歌唱比賽，他們殺出重圍，拿到一面錦旗和幾包獎品，那面錦旗現在還掛在電視上方的牆壁，想不到現在收音機又傳出他們的招牌歌曲。

「阿公阿嬤的成名曲，耶！」子陽楞楞聽了好一回，總算是聽出這首歌的來歷，他立即咬著大拇指，吹出一長串的尖銳口哨。

「呱～呱～呱～」哇，真酷！菜園後的番鴨不知是受到驚嚇還是受到鼓勵，也爭相拉開嗓門，加入合唱陣容！

北方，大武山巔烏雲密布，巒峰被水幕團團遮住，我擔心待會會下大雨，外公卻說：「沒問題，這種雨只下在山頂，這幾天乾枯的溪底已經開始有魚群了，呵呵，阿

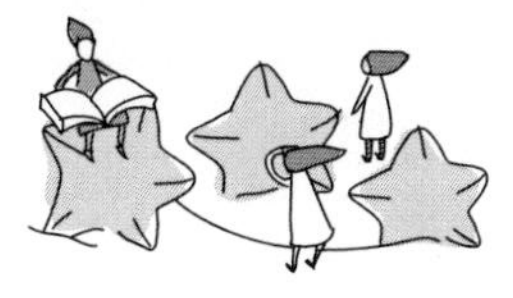

蘭，妳的畚箕跟水桶準備好了嗎？」

「不必怕，天塌下來，我扛！」那位大力士阿婆兩手輕輕一揮，就將兩塊大磚頭準確地甩上站在二樓接手的外婆，外公汗如雨下，砌磚的速度一直消化不完大力士阿婆不斷甩上樓的磚塊。

「哇！」子陽大俠在一旁看得目瞪口呆：「女超人！」

幾座較低矮的山頭隱約浮沉在雲層中，猶如懸掛在天際的孤島，雲層如浪潮環繞著群嶼，我在這邊雖然無法撫觸那遙遠的洶湧律動，卻狂喜地想為它那空靈迷濛的意境默默詠頌。

45

房子蓋好了，兩層樓，樓下靠沿山公路這邊有個大大的門，兩旁也是大大的窗戶，幾張外公做的桌子和椅子，一張準備要陳列菜肴的木製長桌，像體面的會議長桌，從大門左邊一直延伸到餐廳中間，外婆從鎮裡買回來的鍋碗瓢盆已經就位，就連天花板上兩長排的日光燈也是外公外婆自己安裝的。

屋後是廚房，地板是外公從大理石工廠免費要回來的小片大理石鋪成的，哇，黑白兩色的大理石，光潔亮麗。完工後，阿蘭拖洗地板時一臉欣喜，連英英跟英鴻也搶著要接手。

「你們兩個負責清洗流理台！」阿蘭向兩個小跟班下達指令，英英跟英鴻立即捲起褲管加入清洗行列。

樓上幾間舒適的隔間，木質地板塗上一層光滑細緻的透明漆，松木婉約柔順的紋理在我們的屋內默默訴說著，它們曾在山林間編織過的美夢。

我跟阿蘭各自分配到一隅獨立空間，其他就是準備要讓媽媽跟子陽、英英、英鴻睡在一起的大地舖。

外公外婆說他們還是喜歡窩在破舊老屋那邊：「呵呵，習慣那邊的味道了，我們才不要在這邊睡咧。」

「豪宅！」雖然跟村裡那些房子的規模還有一段距離，子陽大俠卻高興得站在屋前比出他的招牌動作，雙腿微蹲，緊握雙拳，朝著屋子大吼。幾隻狗狗繞著新屋團團轉，汪汪之聲不絕於耳。

「五顆星日式快餐店」的招牌也沒花錢，外公鋸了好幾片大小不一的長形松木，接下來就看英鴻表演了！這次英鴻接受阿蘭的指揮，只負責小招牌上的畫畫，不再堅持自己用注音符號寫上店名，我拿起毛筆，在眾人的鼓掌下，準備在最大塊的主招牌上寫下「五～」。

「等等～」筆梢尚未吻上松木，我靈光一閃：「媽媽的師傅不是說她以後一定是料理界的一顆明星嗎？媽媽快回家了，連同她也算進去就是六顆星。」

耶！耶！耶！耶！四個弟妹齊聲歡呼，外公外婆則站在一旁擦著眼角。

「六顆星日式快餐店」掛起來了，還沒開張就已經高朋滿座，村人進進出出，外公做的椅子不夠用，我們還回到舊屋那邊搬來幾張七拼八湊的大小椅子，讓大家坐在桌旁聊天。

女校長來了，歐陽老師沒跟她一起，她把我叫到菜園後方，通話後手機交給我。歐陽老師在線上：「阿寶，老師跟師母這幾天還在忙，等媽媽回來後，老師一定會找個時間帶師母過去看看你們。」

「老師，您一定要來喔，阿公蓋了新房子，我們要開便當店了。」

從大武山巔飛撲而來的風神，在這片大地婆娑起舞，陣陣鳥鳴從近而遠，也已經在四周蕩漾開來。

「一定！老師一定會帶著師母一道去看看。」老師語氣中盡是長輩的期許：「媽媽帶著阿蘭，陪著阿蘭，不用多久，你們家一定是讓人欣羨的模範家庭。」

「謝謝老師。」不知打從哪來的傻勁，我突然像是哥倆好般出言關切：「什麼時候當爸爸啊？」

「哈哈哈！小子，真有你的，你怎麼知道孕婦裝已經買進來了？」歐陽老師在電話中縱聲大笑，一向都是淺淺一笑的女校長也難得地在一旁開懷暢笑。

空氣中開始浮動著一波波香茅的濃郁氣息，香茅氣息是被鳥群驚動葉尖之後散發

而出？還是跟隨風神的舞步揮灑而來的呢？

所長的車子開到「豪宅」的大門，外公外婆坐上車，所長將車子緩緩駛上沿山公路，這次我們都沒有互相揮手說bye-bye，因為我知道待會他們就要載著媽媽回家了。

五顆星一字排開，站在屋前，等候那一顆最明亮的大星星入列，我們一家人將會緊緊擁抱在一起，一道綻放出粲然之光。

空氣中先是香茅的恣意薰染，接踵而來的就是各種花草的盡情吐吶，清涼水氣夾帶草原氣息，隨著微風四處晃漾，如同絲綢緩緩滑過我們身上的每一吋肌膚。

我們幾個兄弟姊妹簇擁在一起，猛吸氣，先將肺部灌滿，再一齊痛快大口呼出。

（全文完）

兒童文學47　PG2216

沿山公路旁的六顆星

作者／陳　林
責任編輯／陳慈蓉
圖文排版／林宛榆
封面設計／楊廣榕
出版策劃／秀威少年
製作發行／秀威資訊科技股份有限公司
114 台北市內湖區瑞光路76巷65號1樓
電話：+886-2-2796-3638
傳真：+886-2-2796-1377
服務信箱：service@showwe.com.tw
http://www.showwe.com.tw

郵政劃撥／19563868
戶名：秀威資訊科技股份有限公司
展售門市／國家書店【松江門市】
104 台北市中山區松江路209號1樓
電話：+886-2-2518-0207
傳真：+886-2-2518-0778

網路訂購／秀威網路書店：https://store.showwe.tw
國家網路書店：https://www.govbooks.com.tw
法律顧問／毛國樑　律師

總經銷／聯寶國際文化事業有限公司
221新北市汐止區康寧街169巷27號8樓
電話：+886-2-2695-4083
傳真：+886-2-2695-4087

出版日期／2019年7月　BOD一版　**定價**／210元
ISBN／978-986-5731-97-7

國家圖書館出版品預行編目

沿山公路旁的六顆星 / 陳林著. -- 一版. -- 臺北
市 : 秀威少年, 2019.07
面； 公分. -- (兒童文學 ; 47)
BOD版
ISBN 978-986-5731-97-7(平裝)

863.59 108006204

讀者回函卡

感謝您購買本書，為提升服務品質，請填妥以下資料，將讀者回函卡直接寄回或傳真本公司，收到您的寶貴意見後，我們會收藏記錄及檢討，謝謝！

如您需要了解本公司最新出版書目、購書優惠或企劃活動，歡迎您上網查詢或下載相關資料：http:// www.showwe.com.tw

您購買的書名：______________________________

出生日期：________年________月________日

學歷：□高中（含）以下　□大專　□研究所（含）以上

職業：□製造業　□金融業　□資訊業　□軍警　□傳播業　□自由業

□服務業　□公務員　□教職　□學生　□家管　□其它_____

購書地點：□網路書店　□實體書店　□書展　□郵購　□贈閱　□其他

您從何得知本書的消息？

□網路書店　□實體書店　□網路搜尋　□電子報　□書訊　□雜誌

□傳播媒體　□親友推薦　□網站推薦　□部落格　□其他__________

您對本書的評價：（請填代號　1.非常滿意　2.滿意　3.尚可　4.再改進）

封面設計____　版面編排____　內容____　文／譯筆____　價格____

讀完書後您覺得：

□很有收穫　□有收穫　□收穫不多　□沒收穫

對我們的建議：______________________________

____

____

____

請貼
郵票

11466
台北市內湖區瑞光路 76 巷 65 號 1 樓
秀威資訊科技股份有限公司 收
BOD 數位出版事業部

....

（請沿線對折寄回，謝謝！）

姓　　名：＿＿＿＿＿＿＿＿＿＿　年齡：＿＿＿＿　性別：□女　□男

郵遞區號：□□□□□

地　　址：＿＿＿＿＿＿＿＿＿＿＿＿＿＿＿＿＿＿＿＿＿＿

聯絡電話：(日)＿＿＿＿＿＿＿＿＿＿(夜)＿＿＿＿＿＿＿＿＿＿

E-mail：＿＿＿＿＿＿＿＿＿＿＿＿＿＿＿＿＿＿＿＿＿＿